Yassamin - Sophia Boussaoud

Die so unvollkommen menschliche Welt der Mina Bashri

Für - Nein. Wegen R.G.K

Diese Geschichte entstand, als du den Jakobsweg
gingst.

Ich habe sie jedoch nicht **für** dich geschrieben.

Es ist meine Geschichte.

Sie gehört mir.

Ohne deine Rolle in meinem Leben,

wäre ich jedoch noch nicht an diesem Punkt
angelangt.

Danke.

*Wer dieses Buch in seinen Händen hält, der hält
gleichsam mein Herz in seinen Händen.*

*Das hier, ist alles was ich war. Alles was ich bin. Alles
was ich sein werde. Es ist ein Roman und zugleich ein
einziger Gedankenstrom mit vielen kleinen Zweigen.
Diese Geschichte ist wie ein Magnolienbaum.* Das
Sinnbild menschlicher Gedanken, wie ein Gehirn.
Jeder Ast ein Gedankenstrom und jeder Zweig ein
weiterer Gedanke. Jede Blüte ein Mensch oder ein
Ding welche zu dem Gedankenstrom dazu gehören.

*Es ist eine Geschichte, die frei erfunden und zugleich
genau so passiert sein könnte. Wo hört die Realität
auf? Wo beginnt die Fiktion. Ich weiß es nicht. Ich
will es nicht wissen. Das eine fließt in das andere
über und es entsteht eine völlig neue Welt. Meine
Welt.*

Ich habe diese Geschichte für mich und für all die Mädchen und Frauen verfasst, die sich nicht trauen, ihre Träume zu verwirklichen. Für jeden Menschen, der sich allein und verlassen fühlt und denkt, dass es nicht mehr weiter geht. Dieses Buch ist nicht nur ihm sondern jedem einzelnen Menschen gewidmet, der auf der Suche nach sich selbst ist. Auf der Suche nach dem „großen Ganzen".

Viel Glück.

Nein, gerade Tatsachen gibt es nicht, nur Interpretationen.

Friedrich Wilhelm Nietzsche

Die so unvollkommen menschliche Welt der Mina Bashri

Prolog

Ich bin zuweilen eine wirklich unmögliche Person! Ich halte mich selber für etwas „Besonderes", gehe davon aus, die Gefühlswelt anderer genau erfassen zu können und labe mich nur allzu gerne in Selbstmitleid und Melancholie. Von Kindesbeinen an hatte ich das Gefühl „Ich bin anders". Ich war neidisch ohne es zu bemerken. Ich war eine Träumerin. Das Abwesende erschien mir so viel angenehmer als die Realität. Ich bin kleiner als diese Welt, ich verneige mich in Demut vor ihr und ihrer vollkommenen Schöpfung. Vollkommen bin ich wahrlich nicht. Davon war ich überzeugt.

Schicksal. Synchronisation. Simultanität.

Wir sind uns begegnet aus einem ganz bestimmten Grund, das weiß ich. Du und ich. Wir sind so unterschiedlich und doch so gleich, dass ich mich frage, warum es so lange gedauert hat bis es mir auffallen konnte. In meinen Freundschaften und

Beziehungen zeigt sich oft, dass meine Beziehungsenergie geprägt ist von Grundannahmen wie „ aufeinander zu gehen, miteinander sein, einander verstehen, sich einfühlen können und sich nahe sein". Ich bin ein sehr feinfühliger, empathischer Mensch. Ich ertrage diese Feinfühligkeit selbst kaum. Du spiegelst in weiten Teilen genau das Gegenteil meiner Grundannahmen wider. Für dich ist es wichtig, voneinander weg gehen zu können, distanziert zu sein, für dich sein zu können. Während ich künstlerisch sublimiere und Erfüllung in der Sehnsucht suche, findest du völlig rationalisiert Alternativen in der Realität. Mein Selbstbild ist geprägt von der Annahme, ich sei gut wenn ich originell, sensibel und gut bin. Deines ist geprägt von Optimismus, Fröhlichkeit und Nettigkeit. Während ich ewig nach der blauen Blume, dem heiligen Gral suche und wohl zugeben muss, dass ich wie eine Disney Prinzessin darauf warte, dass ein Prinz mich aus meinem Elend rettet und die große Liebe endlich die Erlösung bringt, willst du dich auf keinen Fall festlegen. Du bist rationell. Du hast Angst vor seelischer und körperlicher Nähe. Wer zu viel fühlt kann auch Schmerz fühlen. Du willst keinen Schmerz fühlen. Für mich ist Schmerz genau das, was Potential des

Erschaffens in sich trägt. Ich habe dich geliebt und
wollte dir helfen, deinen Schmerz zu essen, zu
kauen, zu schlucken und zu verdauen. Ich wollte dir
dabei helfen, deine dunkle Seite genauso lieben zu
lernen wie deine hellen. Du hast auf mich stets
gewirkt wie jemand der mehr und mehr und noch
mehr will. Für den das Jetzt nie genug zu sein
scheint weil er etwas noch besseres will. Ich dachte,
ich könnte dir zeigen, dass es helfen kann, das Leben
zu verlangsamen, das ständige Geschwätz
einzustellen und auch den Teil des Lebens zu
akzeptieren, der unschön und schwierig ist. Dafür
hast du mich zuletzt gehasst. Anfangs dachte ich,
dein Hass sei berechtigt. Ganz meinem Wesen
entsprechend habe ich die Schuld nur in meiner
Unvollkommenheit gesucht und nicht bemerkt, dass
du eigentlich wütend auf dich selbst bist. Auf deine
Unvollkommenheit und deine fehlende Empathie.
Ich glaube, du bist wie einer der Jungen aus Peter
Pans Nimmerland. „Niemals erwachsen werden".
Ein ewiges Kind. Vielleicht ist es deine
Lebensaufgabe, noch ein zweites Mal zur Welt zu
kommen und erwachsen zu werden. Ich weiß es
nicht. Meine ist es, einen gesunden Realismus zu
entwickeln. Ich muss lernen, meine Sehnsucht auf
die Wirklichkeit zu begrenzen und meine Füße auf

dem Boden zu halten. Balance finden. Ohne dich wäre ich dieser Erkenntnis noch so unendlich fern! Ich danke dir von Herzen. Für die Freude und den Schmerz die ich durch dich empfinden konnte. Für das Lachen und das Weinen, dass du in mir ausgelöst hast. Für die hellen und die dunklen Momente. Es wird nie wieder so sein wie vorher. Ich werde nie wieder so sein wie vorher. Auch wenn unsere Geschichte vermutlich an diesem Punkt zu Ende geht, so möchte ich sie nicht missen. Ich habe mich dir gegenüber von meiner dunkelsten Sete gezeigt und ebenso hast du mir deine offenbart. So sind wir. Menschlich. Unvollkommen.

Mit meinen leuchtenden Blitzen
kann ich sehen, wo meine Reise hinführt
wenn der Sensenmann mich erreicht und meine
Hand berührt.

Arcade Fire – Wake up

Ich sitze in dieser merkwürdigen Dachgeschosswohnung mit etwa zehn anderen. Es gibt eine kleine Couch und einen Sessel und ganz viele Sitzsäcke. Wir sitzen im Kreis und unterhalten uns während ein Joint nach dem anderen herumgereicht wird. Ich weiß nicht mehr, was geredet wurde oder mit wem ich geredet habe. Ich erinnere mich tatsächlich nur daran, dass dieser Joint das einzige zu sein schien, was diese wirr zusammengewürfelte Gruppe wirklich verband. Ich hab überhaupt nichts gegen Gras. Ich rauche selber gerne. Jedoch eher gezielt. Ich schreibe gern während ich high bin und höre dabei tatsächlich die „Doors" – ja Klischee pur. Mein Problem war, dass in dieser Runde dieser verdammte Joint wie ein religiöser Kelch herumgereicht wurde. Er bildete das Zentrum jeglicher Konversation. Ich war mir sicher, dass die meisten in der Runde sich nüchtern, nicht mal wirklich mochten. Ein Haufen Anfang zwanzig Jähriger, die allesamt das System kritisieren und „ihr eigenes Ding" machen wollen aber tatsächlich überhaupt nichts tun. Menschen die kritisieren, wie dramatisch die „Ellenbogenmentalität" sich auf die Entwicklung des Individuums auswirkt und wie traurig der fehlende Zusammenhalt in der Gesellschaft ist und paradoxerweise zeitgleich ihren Egozentrismus zelebrieren. Von Zusammenhalt war dort nämlich nichts zu spüren. Der Eine war, dem Anderen scheißegal. Tausend unausgesprochene Worte. Keiner sagte tatsächlich, was er wirklich dachte. Und während wir so dasaßen und heuchlerisch über „das große Ganze" philosophierten, bemerkte ich nur ihn. Er schien der Einzige zu sein, dem all dies auch bewusst zu sein schien. Er kam mir vor wie jemand, dem meine Gedanken nicht fremd waren und der ebenso mehr sieht, als das Offensichtliche. Ich dachte bis zu diesem Zeitpunkt, mich könne man nicht mehr täuschen...

Schicksal. Synchronisation. Simultanität.

Wir lernen nicht rein zufällig einen Menschen kennen, weil wir uns in ihn verliebt haben. Die Lustgefühle, die wir in der Kontaktphase erleben, sind lediglich Mittel zum Zweck. Das Leben schickt uns genau die Menschen und die Situationen, die es uns ermöglichen, uns selbst zu begegnen.
Das egoistische, männliche Prinzip auf der einen und das altruistische, weibliche Prinzip auf der anderen Seite könnten sich ergänzen und jeder der beiden Menschen könnte vom anderen lernen, um so seinen Weg zur inneren Harmonie zu finden.

Ähnliches ist mir passiert. Und so ist unsere Geschichte unglaublich grausam und doch wunderbar zugleich. Wunderbar, weil sie mir geholfen hat, mich zu erkennen. Es ist eine Liebesgeschichte. Keine Klassische. Es ist eine Geschichte über die Selbstliebe.

Ein   Narzisst lebt in Extremen.   Mittelmaß wiederstrebt ihm zutiefst. In einer Beziehung oder engen Freundschaft mit einem Narzissten kann keine dauerhafte Harmonie entstehen. Immer wieder treibt es ihn dazu, aus gewohnten Verhältnissen auszubrechen. Es mag Augenblicke der Eintracht geben, doch er wird diesen Zustand früher oder später zerstören. Wenn alles harmonisch und gleichmäßig verläuft, spürt er sich selbst nicht mehr. Was dann bleibt, ist eine Art innere Leere. Er fürchtet sich vor Eintönigkeit und genau dieser, seiner eigenen inneren Leere. Daher flüchtet er in extreme Reize als Ersatz für diese unerträgliche Leere und jagt ständig dem „ultimativen Kick" hinterher. Er ist niemals zufrieden. Aus diesem Grund kann er auch überhaupt keine beständige Liebe geben. Er ist selbst nicht erfüllt von echter Liebe und kann daher, seiner Wesensart entsprechend, einfach nur übertriebene Liebe vortäuschen. Er weiß nicht, was wahre Liebe ist und wie sie sich anfühlt. Er hat sie niemals gefühlt. Die Hoffnung, ein Narzisst könnte jemanden wie mich auf tiefe und ehrliche Weise berühren, wird glücklicherweise ein unerfüllbares Hirngespinst bleiben. Meine Erwartungen diesbezüglich haben ihn lediglich überfordert denn sie hielten ihm einen Spiegel vors Gesicht.

Im Volksmund gelten Narzissten als selbstverliebt. Dabei sind sie einfach nur selbstbezogen. Echte Liebe vermag der Narzisst weder für sich noch für andere zu empfinden. Er war nicht menschlich. Denn was macht uns denn menschlich? Die Empathie! In mir sah er die Dinge, die er nicht zu fühlen fähig ist. Genau das konnte er nicht ertragen.

Ein Narzisst kann anderen Menschen jedoch als Leuchtturm für deren eigenes Leben dienen. Meistens leben die Partner von Narzissten nämlich in dem anderen Extrem: Sie sind bescheiden, zurückhaltend, opfern sich für andere auf. Eines haben diese beiden Typen gemeinsam. Auch hier fehlt die Selbstliebe.

Wahre, echte Liebe beginnt immer bei sich selbst. Wer sich nicht selbst annehmen, achten, schätzen und für seine eigenen Überzeugungen, seine eigenen Werte einstehen kann, der liebt sich nicht. Wer nicht bereit ist, sich selbst zu akzeptieren, sich selbst zu gefallen und auf sich selbst zu hören, der kann es schlecht von anderen erwarten und darf sich nicht wundern, wenn er entsprechend behandelt wird. Wer sich selbst kennenlernen will, der muss nach innen schauen und seine tiefere, unbewusste Welt ergründen. Liebe bedeutet, sich selbst kennenzulernen und anzunehmen. Liebe bedeutet aber vor Allem auch, alles anzunehmen, was sich in jedem einzelnen Augenblick des Lebens manifestiert, jeden Menschen, jede Situation, jeden Gedanken und jedes Gefühl. Positive und negative Facetten. Echte Liebe befindet sich weder in dem Extrem von Macht und Herrschaft auf der einen Seite noch in dem von Unterwerfung und

Aufopferung auf der anderen Seite. Wahre und aufrichtige Liebe liegt im Ausgleich genau dieser beiden Pole, im ganzheitlichen, wechselseitigen Einklang dieser beiden Extreme. Macht- und Herrschaftsansprüche wandeln sich so im Zustand der Harmonie in Solidarität, Unterwerfung und Aufopferung in Selbstbestimmung um. Der Narzisst kann seinem Gegenüber zeigen, was es bedeutet, mehr auf sich selbst zu achten, für seine Bedürfnisse einzustehen und für seine Ideale zu kämpfen. Auf der anderen Seite kann dem Narzissten gezeigt werden, was es bedeutet, liebevoll für andere Menschen zu sorgen, sich in andere Menschen hineinzuversetzen, geduldig zu sein und nicht immer im Vordergrund stehen zu müssen.

Und so begegnete mir jemand, mit dem genau dies geschah – auf meiner Seite zumindest. Und so schreibe ich diese Geschichte, meine Geschichte trotz Allem voller Dankbarkeit für das, was du mir gezeigt hast.

Idealisierung – Entwertung – Wegwerfen. Dies sind jene Dinge, die ich habe mit mir geschehen lassen. Du hast mich weggeworfen, als wäre ich nichts. Weil ich nichts für dich war. Du hast dich nie um mich geschert und du wirst es auch nie tun. Ich war Mittel zum Zweck. Das ist in Ordnung. Ich verstehe dich. Und ich weiß, wie sehr dich dieser Satz trifft. Ich verstehe dich. Du und ich. Es gab genau eine Sache, die wir wirklich gemeinsam hatten.

Schwarz und Weiß

Ich stehe am Bahngleis und betrachte die Schienen. Es ist kalt. Ich habe keine Schuhe. Ich habe nichts in meinen Taschen außer dem Schlüssel zu einem Friseursalon, den ich putze und meinem Handy. Mir laufen unentwegt Tränen die Wangen herunter. Ich friere aber ich bemerke es nicht. Meine Hände schmerzen – er hat sie so fest gehalten. Ich habe blaue Flecken an den Armen und Beinen. Von ihm. Ich weiß nichts mehr. Ich bin so unglaublich müde. Ich will nicht mehr. Es gibt keinen Ort auf dieser Welt, zu dem ich gehen kann. Ich habe keine Familie, keine Freunde – niemanden, der mir heute Nacht hilft. Es ist zu viel. Ich kann nicht mehr. Ich schäme mich.

Wie lange ich so dastand weiß ich nicht. An diesem Tag fehlte mir jedes Gespür. Irgendwann kam sie vorbei. Zufällig. Sie war gerade auf dem Nachhauseweg von der Arbeit. Myriam. Wir haben uns kennengelernt, als ich ein Jahr zuvor an der österreichischen Grenze die neu ankommenden Flüchtlinge versorgt habe. Seit ein paar Monaten hatte sie ein Zimmer in einem Flüchtlingsheim in meiner Stadt. Ich war ein paar Mal mit ihr Kaffee trinken, habe ihr geholfen einen Job zu finden. Sie ist Ende zwanzig. Christin. Aus Afghanistan. Sie ist klug und witzig, sehr hübsch. Sie hat unerträgliches Leid erfahren müssen. Ich unterhalte mich gerne mit ihr. In dieser Nacht nahm sie mich mit zu sich. Sie machte mir Tee und hörte mir zu. Eine Ewigkeit. Ich weinte. Sie nahm mich in den Arm und sagte mir, dass alles gut werden würde. Das wurde es tatsächlich. Nachdem ich für die Dinge, die mir in dieser Nacht und auch in den Wochen davor zugemutet wurden finanziell entschädigt wurde, gab ich ihr einen Teil davon. Sie wollte es nicht annehmen aber ich bestand darauf. Ich sagte ihr, sie solle es für ihre Zukunft verwenden die gut werden würde. Eine Woche später erhielt sie den Bescheid. Sie darf hier bleiben. Wir treffen uns jetzt öfter. Ohne sie hätte ich in dieser Nacht vermutlich entschieden, dass mein Leben nicht weitergelebt werden kann. Sie kam zum genau richtigen Zeitpunkt. Myriam. Synchronisation.

Ich schreibe dieses Buch im April und Mai 2017. Es ist mein zweiter Anlauf. Wenige Wochen zuvor habe ich bereits das erste Mal damit angefangen meine Geschichte aufzuschreiben. Eine ganze Nacht und einen ganzen Tag lang habe ich geschrieben. Am nächsten Tag, war nichts mehr davon auf meinem Computer zu finden. Im Nachhinein weiß ich, dass das gut war denn ich hätte die Wahrheit noch nicht so darstellen können, wie ich es jetzt kann. Ich bin 26 Jahre alt und lebe in einer spießigen Kleinstadt im Süden Bayerns. Ich habe zwei Kinder. Einen Sohn der 9 Jahre alt ist und eine fast fünfjährige Tochter. Während ich dieses Buch schreibe habe ich die hoffentlich schlimmste Zeit meines Lebens hinter mir. Ich bin seit 6 Jahren in Therapie, habe mich vor eineinhalb Jahren von dem Vater meiner Kinder getrennt und bis vor kurzem, musste ich mich mit ihm rumschlagen, da er mich einfach nicht losgelassen hat. Er hat versucht mir unsere Kinder wegzunehmen und mir unglaubliches Leid zugefügt. Weil er mich festhalten wollte. Ich verzeihe ihm. Er wusste es nicht besser. Mein Vater ist vor kurzem erst verstorben. Ich konnte mich nicht von ihm verabschieden. Ich weiß nicht einmal ob ich dies gewollt hätte. Ich vergebe ihm jedoch. Er konnte nicht anders. Ich musste den Kontakt zu meiner Mutter, meinem Bruder, unserer Familie komplett abbrechen. Ich verzeihe ihnen ihre Taten denn sie rühren daher, dass sie sich nicht selbst annehmen können. Ich vergebe mir selbst für die Dinge, die ich getan habe. Für das Leid, das ich Menschen zugefügt habe. Ich bin voller Fehler. Ich hab unglaublich oft die falsche Entscheidung getroffen. Dieses Buch ist meine Art mit der Vergangenheit abzuschließen. Ich hab zu lange nicht erkannt, dass nur ich allein den Schlüssel hierfür in mir trage. Ich war naiv und jung und habe darauf gewartet, dass jemand kommen wird um mich aus diesem Schlamassel zu retten. Es kam jemand – ich selbst. Es scheint mir, als wäre ich mein halbes Leben in einer dunklen, feuchten Grube gesessen, umringt von Moos und hätte endlich erkannt, dass ich nur aufstehen muss um hinauszuklettern und das Licht zu sehen. Hier bin ich nun – im Licht. Einer meiner Füße steht noch im Schatten. Das ist in Ordnung. Ich lerne. Jeden Tag.

Im Dezember letzten Jahres lernte ich durch Zufall jemanden kennen, der mir meine Fehler wie kein anderer aufzeigen konnte. Jemanden den mir, davon bin ich überzeugt, das Schicksal zugespielt hat. Es ist gut möglich, dass wir nie wieder ein Wort miteinander wechseln werden. Ich hab mich zuletzt nicht von meiner besten Seite gezeigt. Er jedoch auch nicht. Das macht aber nichts. Ohne ihn wäre ich niemals an dem Punkt, an dem ich jetzt bin. Freier als jemals zuvor. Wer dieser jemand ist? Dazu kommen wir auf jeden Fall noch. Der allesverändernde Anstoß begann mit dieser Nachricht an ihn:

Bevor ich nun auch versuche zu schlafen, möchte ich diese Zeilen noch loswerden. Ich wünsch´ dir von ganzem Herzen, dass du findest wonach du suchst. Dass du herausfindest warum dich diese immerwährende Sehnsucht quält und dass du es schaffst der Mensch zu werden, der du wirklich sein möchtest, sein kannst, der deinem Innersten entspricht. Ich wünsche dir von ganzem Herzen, dass du deine Träume wahr werden lassen kannst und dass du jemanden findest, der dich auf genau die Art und Weise ergänzt, die du brauchst und die dich vollkommen werden lässt. Ich wünsch dir Freundschaften und Beziehungen, die dich wachsen lassen und dir Nähe, Geborgenheit und Sicherheit schenken können. Ich wünsch´ dir so viel Gutes, dass es sich selbst für mich schwer in Worte fassen lässt. Du hast nichts anderes als das Beste für dich verdient – gib dich nicht mit etwas anderem zufrieden. Ich wünsch´ dir, dass deine Zweifel immer leiser werden und irgendwann verstummen. Ich wünsch´ dir, dass du Freude, Glück und Liebe empfindest, dass dein Licht deinen Schatten trotzt und du erkennst, dass du alles sein kannst weil in dir diese unglaubliche Kraft ist, die nur darauf wartet genutzt werden zu können. Ich wünsch' dir, dass all die Dämonen aus deiner Vergangenheit hinweg ziehen an den Ort der so weit wie nur möglich weg liegt von der Zukunft sodass diese in all' ihrer Herrlichkeit geschehen kann. Ich hab' gesehen wer du bist und ich wünsch' dir mit allem Guten, das in mir steckt, dass du es auch siehst. Es dauert noch und du brauchst Geduld und Ruhe, Mut und Stärke und diese Prise Humor an der richtigen Stelle, die ich so sehr an dir schätze. Wenn dich in Zukunft Zweifel plagen, dann vergiss nicht, dass es jemanden gibt, der ganz fest an dich glaubt – immer und glaub an dich, jeden Tag. Ich wünsch' dir nur das Allerbeste für dich und die Menschen die dir wichtig sind und in Zukunft wichtig sein werden. Vor dir liegt ein Leben, das unglaublich lebenswert ist und du darfst jede Sekunde davon genießen. Du bist wertvoll. Ich wünsch' dir, dass auf deinem Weg für dich mit jedem Schritt ein Stein von deinem Herzen fällt, solange bis keine mehr übrig sind und du frei bist. Ich denk an dich und ich vergess dich niemals. Dir gehört immer dieses kleine Stück von meinem Herzen und wenn du nicht weiter weißt, dann scheu dich nicht zu mir zu kommen ich werd da sein wenn ich kann – Immer. Danke für jeden Moment mit dir, du hast mir so viel Gutes getan. Ich bewahre jede Erinnerung auf weil sie unendlich kostbar sind. Irgendwann, wenn es nicht mehr weh tut, werde ich drüber schreiben, über dich und mich und diese Magie zwischen uns, ein ganzes Buch voll und ich weiß bereits jetzt, dass genau das mein Buch sein wird, dass mich weiterbringt. Ich bin so froh, dass es dich gibt und ich ein Stückchen auf deinem Weg mitgehen durfte und ich will keine Sekunde davon missen. Es war die allerschönste Zeit. Danke! Ich liebe dich, so wie du bist ohne Bedingung, ohne Erwartung einfach nur dafür, dass es dich gibt.

„Man sieht nur mit dem Herzen gut. Das Wesentliche ist für die Augen unsichtbar"

-     *Antoine de Saint Exupery*

Pass auf dich auf!

Während ich diese Zeilen schrieb, wusste ich bereits, dass sie für mich selbst der Beginn einer monumentalen Veränderung sein würden. Der Beginn eines Wandels, von dem ich niemals zuvor gedacht hätte, ihn vollziehen zu können. Für manch einen mag dieser so banal sein, für mich jedoch ist es genau der Schritt gewesen, der alles verändert hat. Ich habe in der Vergangenheit bereits Bücher geschrieben über andere. Ich habe Welten erfunden, Beziehungen dargestellt und andere Menschen wichtig werden lassen. Auch er, dem diese Zeilen gewidmet sind ist wichtig. Ich bin gerade jetzt im Moment für mich jedoch wichtiger deshalb kommen wir erst später zu ihm und all den anderen wichtigen Menschen in meinem Leben. Ehrlich gesagt, habe ich noch nie jemanden getroffen, der nicht wichtig gewesen wäre. Das hier jedoch, das ist etwas ganz Neues für mich. Etwas anderes, das ich zuvor niemals gewagt hätte. Das ist meine Geschichte. Das bin ich. Ungeschönt und voller Fehler. Ehrlich, aufrichtig und unvollkommen. Das hier ist meine Geschichte.

Kartoffeln und Datteln

Manchmal, da sitzt man einfach nur da. Man sieht aus dem Fenster und fragt sich wann das Leben wohl endlich so werden kann, wie man es sich vorgestellt hat. Wann...wann...? Wann!

Nur allzu oft sind wir das, was wir niemals sein wollten und haben vergessen, wer wir wirklich sind. Niemand, der keine klare Vorstellung von uns hat. Wie wir waren. Wie wir sind. Wie wir zu sein haben.

Der Tag zieht an einem vorbei. Regen, Sonne, Wind, Schnee. Hell. Dunkel. Man kommt nicht umhin sich zu fragen „War ich immer wer ich sein wollte? Bin ich, wer ich sein will?" Es ist viel zu oft nicht erwünscht. Passen sollen wir und was nicht passt, wird passend gemacht. Uns ist oft viel zu wichtig, was andere von uns denken. Wir hören auf die Meinung von Menschen, die uns nicht einmal wirklich kennen anstatt unserem Herzen zu folgen. Dabei braucht es nicht viel: Ein kleines bisschen Ehrlichkeit, eine Prise Humor, einige Schöpfer Mut und ein ganz kleines bisschen Liebe – für sich selbst.

Ich wurde in einer stürmischen Novembernacht 1990 geboren. An einem Sonntag. Meine Mutter ist Deutsche, mein Vater war Tunesier. Sie hatten mir oft gesagt, dass ich wie ein Sturm über sie hereingebrochen sei. Intensiv und ohne Vorwarnung. Auch später haben mich Menschen des Öfteren als Naturgewalt beschrieben. Ich sehe mich selbst eher nicht so. Lange habe ich überhaupt nicht gewusst wie ich mich sehe, nun weiß ich es vielleicht. Bis dahin war es ein unglaublich langer, mühsamer und steiniger Weg. Ich bin durch Wüsten und Meere gewandert. Hab gefroren und mich in wilder Hitze versengt. Ich hab tausend Tränen geweint und von Herzen gelacht. Ich hab halbherzig gehasst und intensiv geliebt. An jedem Tag. Ich hab jedes einzelne Gefühl sich wie eine Welle über mir ergießen lassen. Jedes einzelne davon unendlich genossen. Ich war nie vorsichtig, nie bedacht. Ich bin stets mit dem Kopf voraus ins Wasser gesprungen ohne zu wissen, wie tief es tatsächlich war. Mir hat jemand, der mir in der Vergangenheit einmal unendlich viel bedeutet hat gesagt, dass er wenn er Menschlichkeit beschreiben müsste, meinen Namen nennen würde. Das bin ich wohl – völlig unvollkommen menschlich.

Das ganze Dilemma begann also mit meiner Geburt. Ich kam zur Welt ohne zu wissen, was ich auf dieser sein werde. Ohne eine Ahnung davon zu haben, dass auch ich genauso hier sein darf, wie jedes andere Wesen. Meine Mutter war irgendwie glücklich und zugleich völlig überfordert mit der Tatsache, dass sie plötzlich ein so energisches kleines Bündel Mensch bei sich hatte. Mein Vater trug mich. Nacht für Nacht weil ich schrie und nie aufhörte zu schreien. Ich schrie und schrie immer mehr. Dies ging schließlich sogar so weit, dass ich dabei aufhörte zu atmen. Ich wurde für mehrere Monate an einen portablen Herzmonitor angeschlossen der im Notfall laut piepste. Und dies tat er laut den Erzählungen meiner Eltern sehr häufig. Es gab also mich und meine Eltern. Meine Mutter entstammt einer sehr konservativen, gutbürgerlichen bayerischen Familie mit völlig klarer Rollenverteilung und zwei Schwestern, jeweils eine jünger und eine älter als sie. Mein Vater floh mit 13 Jahren von Tunesien nach Italien und schlug sich fortan wortwörtlich als Boxer und später als Koch durchs Leben. Ich habe stets versucht mir einzureden, dass ich nichts von meinen Eltern mitgenommen habe aber das wäre gelogen. Ich hab karamellfarbene Haut und dunkle große Augen wie mein Vater, ebenso seine dunklen Locken hat er mir vererbt. Sein ungestümes Temperament und seine unbändige Energie kommen auch nur allzu oft in mir zum Vorschein. Von meiner Mutter habe ich den Hang zur Melodramatik und Hysterie mitbekommen. Im Gegensatz zu ihr früher weiß ich diesen mittlerweile jedoch immer besser zu handhaben. Als ich zur Welt kam war mein Vater noch mit einer anderen Frau verheiratet, ich wurde in einer stürmischen Liebesnacht, sozusagen als süßer Beweis seiner

Untreue dieser Frau gegenüber, gezeugt. Somit hatte ich zunächst vor dem Gesetz keinen Vater. Meine Eltern heirateten, als ich zwei Jahre alt war. Meine Großeltern waren alles andere als froh über diese Situation. Sie liebten mich jedoch vom ersten Moment an. Mein Großvater ist für mich nach wie vor der Mensch, der mir beigebracht hat zu leben, das Leben zu genießen, zu lieben. Bettelarm in der Nachkriegszeit ohne Vater aufgewachsen und mit 12 Jahren schon im Straßenbau tätig hatte er niemals verlernt zu lachen. Ohne ihn wäre ich nicht die geworden, die ich heute hoffe zu sein. Meine Großmutter kam nie wirklich darüber hinweg, dass ihre Mutter ihr als junges Mädchen verwehrt hatte Lehrerin zu werden und sie stattdessen als Schneiderin hatte arbeiten müssen. Dieses Trauma lud sie leider zum Teil auf ihre Enkelkinder ab, indem sie ihre Liebe von Fleiß und guten Schulnoten abhängig machte. Es ist unmöglich die unzähligen Seiten zu vergessen, die sie aus meinen Heften riss sobald sie den kleinsten Fehler entdeckt hatte. Ob mein krankhafter Hang zum absoluten Perfektionismus vielleicht ein wenig damit zusammen hängen könnte – ich weiß es nicht. Kurze Zeit nach meiner Geburt zogen meine Eltern mit mir in das Haus meiner Großeltern und dort lebten wir eine ganze Weile alle zusammen. In einem Dorf in Bayern zu Beginn der 90iger Jahre.

So sah also die kleine Welt, in die ich hineingeboren wurde aus. Meine Eltern, meine Großeltern. Zwei Tanten. Ein kleines, unglaublich spießiges Dorf und seine engstirnig veranlagten Bewohner. Mittendrin ich – dieses kleine Mädchen mit den Locken und der karamellfarbenen Haut. Als ich fast drei Jahre alt war, zogen meine Eltern mit mir in eine Kleinstadt etwa eine Stunde weg vom Dorf meiner Großeltern. Wir bezogen eine recht hübsche Altbauwohnung mitten im Stadtkern.

22 Jahre später schrieb ich diesen Text über mich selbst:

Bereits mit 3 Jahren habe ich an mir selbst feststellen können, dass ich wesentlich emotionaler war, als die meisten Menschen in meiner Umgebung... Als ich auf einem Ausflug, meine Puppe bei der Freundin meiner Mutter hatte liegen lassen und wir aufgrund des langen Fahrtweges nicht mehr umdrehen konnten, habe ich einfach die restlichen zweieinhalb Stunden Fahrt durch gebrüllt. Bis zum heutigen Tage habe ich meiner Mutter niemals vollständig verzeihen können, dass sie einfach nicht zurückfahren wollte. „Du bekommst eine neue Puppe", meinte sie damals großzügig. Ich wollte keine dämliche, neue Puppe!

Ich wollte meine Lisa, mit der ich bereits so viel erlebt hatte. Natürlich kamen nach ihr noch viele Puppen. Einige waren viel schöner als Lisa, andere tatsächlich wesentlich praktischer in der Handhabung. Keine aber konnte den tragischen Verlust auch nur annähernd wettmachen. Noch heute trauere ich ihr ein ganz klein wenig nach. Wenn mich im Kindergarten jemand enttäuscht hatte, sei es weil er oder sie mir mein Spielzeug weggenommen hatten, ich geschlagen wurde oder gar jemand die Frechheit besaß, mich auszulachen, so brach ich stets in Tränen aus und war gewillt diesen schrecklichen Ort des Höllenfeuers nie wieder zu betreten. Fast täglich erklärte ich meinen Eltern, ich würde in ein Land auswandern, in dem die Menschen freundlich wären und nicht dauernd Dinge täten, von denen man weinen müsse. Meine Eltern taten das für sie einzig und allein richtig erscheinende: Sie schickten mich zum Fußball. Nach zehn Minuten wurde jedoch klar, dass der eiserne Rasen keinen geeigneten Ort für eine drei Jährige, die stets gewappnet war, einen Friedensmarsch zu organisieren, darstellte. Ich lief durchs Leben in der Annahme, die Welt würde sich zum Guten wenden wenn man nur weiter an das Gute glaubte. Eisern verfolgte ich meine Mission. Mit 15 Jahren erreichte ich den Höhepunkt meiner aktivistischen Karriere. Ich wurde Vegetarierin, dann Veganerin, nahm an sämtlichen Umweltaktionen unserer Stadt teil, trat Greenpeace bei und zwang meine Familie zur exzessiven Mülltrennung. Ich wollte die Menschheit, den gesamten Planeten vor seinem Untergang retten. Ich wollte allen und jedem helfen. Grauenvoll! Entspannt wie frisch aufgezogene Gitarrensaiten pilgerte ich durch meine Teenager Jahre. Ich analysierte nun auch jedes Gespräch, jeden Chatverlauf, jede SMS. Meine Mission war es, absolute Positivität zu erreichen. War dem nicht so, weinte ich natürlich. Ich weinte über die dramatische Entwicklung des CO_2 Ausstoßes, die Ozon Werte, Müllteppiche im Atlantik, den merkwürdigen Kommentar meines Lehrers, die nicht ausreichend positive SMS meiner Freundin, die geschlachteten Hasen meines Opas, die sentimentale Fernsehwerbung mit den Hundewelpen… die Liste ließe sich endlos weiterführen. Mir war schlichtweg niemals nichts egal! Ich war völlig verrückt geworden, unentspannt und eingeschüchtert über die eigentlich nicht unerwartet schockierende Tatsache, dass nicht alles immer nur gut war und zu alledem auch noch hochsensibel wenn es um zwischenmenschliche Beziehungen ging. Mein Leben begann langsam aber sicher anstrengend zu werden. Ich begann mir nach und nach die Frage zu stellen, warum dies so war. Ich ging zum Yoga, malte Aquarell, filzte kleine Wichtel und Feen, backte Brote. Ich meine, was gibt es wohl konstruktiveres als ein Brot zu backen. Nichts half langfristig. Ich wurde erwachsen – zumindest erwartete man dies von mir. Mir wurde schließlich klar, dass ein Leben *als hochsensible Umweltaktivistin mit dem Hang zur Dramatik und dem Drang alles zu Tode zu analysieren nicht wirklich Spaß machen kann. Es war zu viel! Es war zu wenig! Es fehlte alles! Es fehlte nichts! Es fehlte die Liebe, vor Allem die Selbstliebe!*

Aber nun, zurück zu meiner Geburt. Meine Mutter wurde wenige Tage danach ziemlich krank, sodass sie sich nicht ausreichend um mich kümmern konnte und so verbrachte ich die Zeit mit meinem Vater. Dies blieb auch weiterhin so. Meine Mutter spielte in meinem Leben lediglich die zweite Geige. Ich betete meinen Vater an. Er zeigte mir die Welt. Durch ihn lernte ich schon als ganz kleines Mädchen die verschiedensten Menschen kennen. Sänger, Schauspieler, Fakire, Schlangenbeschwörer, Maler. Meine Mutter arbeitete als Kinderpflegerin in einem Wohnheim für behinderte Kinder Schicht, mein Vater hatte ein kleines italienisches Restaurant und so musste ich mich an nur sehr wenig Struktur halten. Ich fuhr mit meinem Vater durch Südeuropa, nach Tunesien, lernte verschiedene Sprachen zu verstehen und konnte mich mühelos anpassen. Dies schien ohnehin meinem Wesen zu entsprechen. Ich schlief tagsüber und nachts zeigte mir mein Vater die schönen Dinge unserer Welt. Im Nachhinein weiß ich natürlich, dass diese Art ein Kind zu erziehen keinesfalls gutzuheißen ist. So war jedoch mein Leben in den ersten Jahren. Ich war ein unglaublich liebes, niedliches Kind mit einem Charme gesegnet der die Menschen dazu brachte, sich zu öffnen. Meine Eltern und Großeltern waren über diese Gabe äußerst dankbar und nutzten sie gezielt für ihre Zwecke unter dem Deckmantel wie stolz sie doch auf mich seien. Ich musste vorsingen, Gedichte aufsagen, Sketche vorspielen und man brachte mir bei, wie Konversationen auszusehen haben damit sich dein Gegenüber besonders wertgeschätzt fühlt. Nach der Trennung meiner Eltern konnte meine Mutter es nicht mehr ertragen wenn ich sang und redete mir ein, meine Stimme wäre äußerst unangenehm. Mein Vater führte mich in seinem Freundeskreis vor wie ein kleines Hündchen. Ich musste alte, nach Alkohol und Kippen stinkende, unrasierte und ungewaschene Männer zur Begrüßung jeweils vier Mal auf die Wange küssen, auf ihrem Schoß sitzen und sie unterhalten. Er ließ mich oft allein mit ihnen um seinen Geschäften nachzugehen. Heute weiß ich, dass die Art wie sie mit mir umgingen, wie sie mich ansahen und berührten nicht in Ordnung war, damals wusste ich es leider noch nicht und so sagte ich auch nie etwas, zu niemandem. Es dauerte viel zu lang, bis ich

keine Lust mehr auf diese Spielchen hatte und
rebellierte, ich war schon fast erwachsen. Als kleines
Kind hatte ich erkannt, dass ich über die Fähigkeit
verfügte zu sehen, wie Menschen in ihrer
Persönlichkeit aufgebaut waren, was sie mochten
und was ihnen Angst machte. Dies nutzte ich später,
um sie mir vom Halse zu halten.

Schließlich kam ich in den Kindergarten. Es bedarf
keines Pädagogikstudiums um zu wissen, wie dies
ein Kind das bis zum damaligen Zeitpunkt an
keinerlei Regeln und Struktur gewöhnt war
beeinflusst. Zudem habe ich vergessen zu erwähnen,
dass ich unglaublich fett war. Um ein kleines
Zirkusäffchen bei Laune zu halten füttert man es
schließlich mit allerlei süßen Dingen. Ich war ein
fettes vierjähriges Mädchen mit ungestümen
Locken, dunkler Haut und einem
schokoladenverschmierten Mund. Die anderen
Kindergartenkinder ließen keine Gelegenheit aus,
mich zu tyrannisieren. Als Resultat stopfte ich mir zu
Hause nur noch mehr Süßkram in den gierigen
Schlund. Wenn wir schwimmen waren, bemerkte ich
natürlich, dass die anderen Mädchen keine
unansehnliche, fette Wampe vor sich hintrugen, ihre
Oberschenkel nicht aneinander rieben und sie
laufen konnten ohne dabei Atemprobleme zu

bekommen. Meinen Eltern, vor allem meinem Vater kam nie in den Sinn, dass sie mir mit ihrer unreflektierten, eingeschränkten Sichtweise einen Grundstein für mein weiteres Leben legten, der es mir in jeglicher Hinsicht schwer machte. Er ließ mich auch weiterhin selbst das fünfte Eis in mich hineinstopfen und meine Mutter sagte mir täglich, wie dick ich sei. Ich weiß nicht, ob es ihnen egal war oder ob sie es einfach nicht besser wussten.

Mein Vater verlor sein Restaurant und arbeitete fortan bei einer Molkerei in der Produktion. Er mischte die Fruchtzubereitungen für Joghurt zusammen. Vom ersten Tag an hasste er diese Tätigkeit. Er begann immer mehr Alkohol zu trinken und kam oft spätnachts betrunken nach Hause, demolierte unsere Einrichtung. Meine Mutter und er schrien sich an. Er schlug sie. Wenn er schlafen ging und sie weinend auf der Couch saß setzte ich mich zu ihr und tröstete sie. Wenn ich sie tröstete war sie lieb und schrie mich nicht an, sie sagte nicht, dass ich dick sei und wie mein Vater, dass sie mich kaum ertragen konnte. Wenn ich sie tröstete, war sie einfach nur lieb. Ich genoss diese Momente viel zu sehr. Heute weiß ich, dass ich von da an immer das Gefühl gehabt hatte, ich müsse meine Mama beschützen. In Kombination damit, dass sie mir stets, vielleicht unabsichtlich, das Gefühl gab, ich müsse mich für meine Existenz bei ihr entschuldigen, entstand zwischen uns eine Dynamik, welche ich tatsächlich erst vor Kurzem wirklich durchbrechen konnte. In der Nacht meines Selbstmordversuches hatte sie mir vorgeworfen, ich wäre der Grund dafür, dass ihr Leben versaut wäre. Sie hat zugegeben, dass sie sich nur allzu oft wünscht, es gäbe mich nicht. Nun aber zurück zu meiner Kindheit.

Als ich viereinhalb war, heiratete die kleine Schwester meiner Mama, Therese, in Salzburg ihre große Liebe, einen Nigerianer namens Josh, den ich sehr mochte. Er war freundlich und streng zugleich jedoch ohne das unberechenbare Wesen meines Vaters. Ich mochte ihn wirklich. Auf ihrer Hochzeit durfte ich Blumenmädchen spielen. Meine Mutter zog mir ein schönes Kleidchen an, legte einen Kranz auf meine Haare und erklärte mir, dass ich mich fein und elegant zu benehmen hätte. Ich wusste nicht wirklich, was sie von mir wollte. Nach der Trauung schüttete ich den gesamten Inhalt meines Blumenkörbchens in eine Ecke der Kirche und war äußerst zufrieden mit meiner Leistung. Von diesem Moment an war ich in meiner Familie die tölpelhafte Mina. Meine Mutter, meine Tanten, meine

Großmutter – Sie alle versuchten mich eleganter, mädchenhafter werden zu lassen. Halt still. Kopf nach oben. Geh doch nicht immer so wie ein Bauer. Du bist wirklich ein Trampel. Wie ein Junge. Jahre später erst lernte ich, dass ihr Streben mir Eleganz einzubläuen darauf begründet lag, dass sie allesamt keine hatten. Ich bin immer wieder aufs Neue überrascht, wie wenig Erwachsene oft über sich selbst wissen. Eines schönen Tages offenbarten mir meine Eltern, dass ich mich von nun an sehr glücklich schätzen könnte, ich würde nämlich endlich ein Geschwisterchen bekommen. Ich wusste nicht wirklich was das bedeutete und so war ich äußerst überrascht darüber, dass der Bauch meiner Mutter immer dicker wurde und sich schließlich sogar etwas in ihr bewegte. Ich mochte das nicht. Als meine Tante dann auch noch schwanger wurde und die beiden zeitgleich durch die Welt kugelten war ich fertig mit den Nerven. Niemand interessierte sich mehr für mich. In dieser Zeit intensivierte sich die Beziehung zwischen mir und meinem Vater noch mehr. Es wurde immer gefährlicher denn ich sah ihn trotz der Tatsache, dass er trank, meine Mutter schlug und auch mich nicht immer gut behandelte – bis zu diesem Zeitpunkt hatte er mich jedoch, soweit ich mich erinnern kann, noch nie geschlagen – als eine Art Gott an. Er war mein Gott, mein König, meine Sonne. Meine Mutter bemerkte dies natürlich und verachtete mich für meine bedingungslose Liebe diesem Menschen gegenüber für immer. Im Nachhinein verachte ich mich selber dafür. Vor Allem für die Tatsache, dass es 26 Jahre gedauert hat zu erkennen, dass er mir unglaublich viel angetan hat und mein Leben auf eine Art und Weise negativ beeinflusst hat, die nie vollständig vergehen wird.

Im März 1995 kam mein kleiner Bruder Yassir zur Welt. Meine Mutter wäre bei seiner Geburt fast gestorben und war in den Wochen danach zu nichts zu gebrauchen. Ich war allein mit meinem Vater und hasste dieses neue Baby, das mir meine Mama weggenommen hatte. Somit hatte ich jedoch noch einen Grund mehr, meinem Papa einen Heiligenschein zu verpassen.

Einhörner und Kamele

In den Monaten nach der Geburt meines Bruders wurde unsere häusliche Situation immer schlimmer. Yassir wurde nach nur zehn Tagen auf dieser Welt, aufgrund einer erheblichen Vorhautverengung, operiert. Mein Vater freute sich darüber, da er ihn ohnehin hätte beschneiden lassen. Während der

Narkose jedoch erlitt Yassir einen Asthmaanfall. Ich verstand damals nicht wirklich, was dies bedeutete und es erklärte mir auch niemand etwas, sodass ich mich einfach nur unglaublich allein gelassen fühlte. Meine Mutter war fertig mit den Nerven, übermüdet und ausgelaugt, litt zudem an einer postnatalen Depression. Mein Vater manisch depressiv, alkoholkrank und unberechenbarer als je zuvor. Ich weinte mich jede Nacht in den Schlaf, wusste, ich konnte nicht zu meiner Mutter ins Bett, da dort nun der Platz des neuen Babys war. „Mina – dein kleiner Bruder braucht sehr viel Zuwendung und Liebe, hatte er es doch so schwer ins Leben zu kommen. Du musst vorsichtig und leise sein. Ich weiß, so etwas fällt dir sehr schwer aber komm, sei ein großes Mädchen und spiel in deinem Zimmer, ich hab nun wirklich keinen Kopf für dich", sagte mir meine Mutter als ich ihr erzählen wollte, dass mich die Kinder im Kindergarten „fettes Schwein" nannten. Also blieb ich ruhig, verbrachte die meiste Zeit in meinem Zimmer und tat das für mich einzig Logische: Ich baute mir eine Traumwelt. Tagsüber klappte dies ganz wunderbar. Ich begann die Welt so zu sehen, wie sie sein könnte und nicht so, wie sie wirklich war. Im Kindergarten bastelte ich kleine Bücher und zeichnete Geschichten hinein. Draußen sprach ich mit Elfen, Wichteln und Feen. Einmal, als wir spazieren waren, meine Mutter, ihre ältere Schwester - meine Tante Hilde, und das neue Baby, da stellte ich mir vor, ich sei eine Meerjungfrau. Da Meerjungfrauen jedoch nicht trocken sind, wusch ich meine Haare in einem Brunnen. Meine Mutter tobte. Tante Hilde, die übrigens meine Taufpatin ist und mir bis heute vorhält, ich wäre ein so fettes Baby gewesen, dass ihre Armmuskulatur durch meine Taufe irreparable Schäden erlitt, sagte zum ersten Mal etwas, das sie später noch oft wiederholte: „ Dieses Mädchen ist einfach nicht normal, man schaut sie an und fragt sich, ob sie denn überhaupt ein Gehirn hat". Meine Mutter war so wütend über mein Benehmen, dass sie ihr beipflichtete.

Nachts, wenn mein Vater betrunken nach Hause kam, wachte ich auf von dem schrecklichen Gebrüll. Sie schrien alle drei. Mein Vater, meine Mutter und das neue Baby. Ich hatte Angst, jedoch wusste ich bereits, dass ich mit dieser Angst alleine würde klarkommen müssen. Seit das neue Baby da war, hatte ich aufgehört meine Mama zu trösten. Ich war wütend auf sie und sie nahm mich ohnehin nicht mehr in den Arm. Bis heute kann ich die Momente, in denen meine Mutter mich in den Arm genommen hat, an zwei Händen abzählen. Manchmal kam mein Vater anschließend in mein Zimmer, ich stellte mich stets schlafend. Eines Nachts murmelte er: „ Mina, ich werde nicht zulassen, dass eure Mutter dich und Yassir mir wegnimmt. Ich werde um euch kämpfen. Vielleicht gehen wir nach Tunesien. Dort wird alles gut". Später erzählten mir meine Großeltern, er habe bereits tunesische Pässe für mich und meinen Bruder gehabt und unsere Entführung Schritt für Schritt geplant. Ich weiß bis heute nicht, ob dies der Wahrheit entspricht und es ist mir mittlerweile auch nicht mehr wichtig. Im Juni 1995, mein Bruder war etwa fünf Monate alt, wollte meine Mutter ihn taufen lassen. Mein Vater, der als ich mit vier Wochen getauft wurde ja noch keinerlei Mitspracherecht hatte, war diesmal absolut dagegen. Er hatte in den Wochen davor bereits angefangen im Koran zu lesen und besuchte eine Moschee. Plötzlich wurde ihm sein Glauben immer wichtiger. Er nannte meine Mutter eine widerliche Hexe und drohte ihr, dass er, wenn sie meinen Bruder taufen lassen würde, dafür sorgen würde, dass sie nie wieder froh wird in ihrem Leben. Sie tat es trotzdem. Ich erinnere mich noch ganz genau an diesen Tag. Ich wurde ganz fein herausgeputzt. Meine Mama hatte zusammen mit ihren Schwestern und meiner Oma den Pfarrsaal geschmückt und sie alle freuten sich über die Taufe meines Bruders. Ich fühlte mich die ganze Zeit über, als hätte ich meinen Vater verraten. Nach dem Taufgottesdienst waren wir alle im Pfarrheim. Die Erwachsenen lachten, aßen und tranken und ich saß auf dem Boden in einer Ecke und blätterte in der Kinderbibel, die irgendjemand mitgebracht hatte, damit ich nicht ganz leer ausging an diesem Tag. Dann stieß mein Vater zur Taufgesellschafft. Die Tür flog auf. Er hatte eine Flasche Alkohol in der Hand und schrie. „Du Schlampe, er ist nicht einmal von mir", gemeint war mein Bruder. „Es soll jeder wissen, was du für eine Hure bist". Meine Mutter schrie und weinte. Als mein Vater auf sie zugehen wollte, hielten ihn mein Onkel und mein Großvater zurück. Letzterer versuchte beruhigend auf ihn einzureden. „Abdul, ich weiß wie du dich fühlst. Lass uns gehen. Du kannst mir alles erzählen". Meine Mutter wurde hysterisch: „Mein eigener Vater hilft zu diesem Monster" brüllte sie. Selbst ich hatte mit meinen fünf Jahren verstanden, dass mein Opa einfach nur versuchte die Situation zu entschärfen, meine Mutter jedoch war, wie so oft, nicht klar genug um dies zu erkennen. Irgendwann hatte mein Großvater es geschafft Abdul zu bändigen und war mit ihm weggegangen. Ab diesem Zeitpunkt erinnere ich mich leider an nichts mehr. Meine nächste Erinnerung ist die, bei der meine Mutter mit mir und meinem Bruder aus der gemeinsamen Wohnung auszieht. Ich trage eine Kiste mit Spielsachen die Treppen hinunter. Mein Vater steht am Treppenabsatz. Er weint. Ich will nicht, dass er weint. Er ist wütend auf mich. Enttäuscht von mir. „Mina", flüster er, „warum hilfst du deiner Mutter dabei mich zu verlassen? Ich dachte du bist ein gutes Mädchen. Ich habe dir vertraut". Seine dunklen Augen blicken mich abwertend an. Ich bin traurig darüber, dass er mich so ansieht. „Entschuldige Baba – ich will dich nicht enttäuschen". Er verzieht sein Gesicht, beugt sich zu mir herunter und flüstert mir ins Ohr: „Dafür ist es nun zu spät Mina".

Während ich dieses Buch schreibe muss ich immer wieder inne halten. Es gibt Erinnerungen, die sind so klar und deutlich, greifbar. Andere wiederum muss ich mit viel Mühe herausarbeiten. Ich habe mit den Jahren viele Erlebnisse verdrängt und das Schreiben hilft mir, das Erlebte aufzuarbeiten. Ich verstehe immer mehr, wo ich herkomme. Wer ich bin. Wo ich hingehöre. Es ist schön und kräftezehrend. Es fühlt sich an, als würde ich mich reinigen, mich erneuern, mich therapieren.

Aus meinem Tagebuch am 24. April 2017

Ich habe heute beschlossen, meine alten Tagebücher wegzuwerfen und ein neues zu beginnen. In den letzten Tagen ist in mir so unglaublich viel passiert und ich bin bereit, einen neuen Schritt zu wagen. Ich möchte all´ das, was mich gehemmt hat hinter mir lassen können und endlich zu dem Wesen stehen, das mein Innerstes verbirgt. Ich will sein, wer ich wirklich bin. Ich habe erkannt, dass mir die Opferrolle nur stand, weil ich mich in ihr so wohl gefühlt hatte. Sie war das, was ich immer kannte und ich dachte, ich hätte es verdient, dass andere Menschen mich schlecht behandeln, meine Gefühle verletzen. Nun bin ich endlich nach all´ den Jahren darüber hinweg. Ich habe mich selber immer besser kennengelernt und vor Allem lieben gelernt. Meine Fehler, die ich versucht habe zu verstecken, auszumerzen und als fürchterlichen Makel betrachtet habe, mag ich noch immer nicht gerne – ich weiß jedoch nun, dass sie ein Teil von mir sind. All´ dies, macht mich zu dem Menschen der ich bin.

Ich bin schwierig, ich bin oft viel zu dramatisch, ich träum´ vor mich hin, ich mag etwas naiv sein – ja! Aber ich bin auch lieb und gefühlvoll und hilfsbereit und kreativ und... und... und... Ich bin gut, so wie ich bin. Ich bin es wert, geachtet und geschätzt, gemocht und auch geliebt zu werden. So wie jeder andere Mensch. Ich bin wertvoll. Das ist ein unglaublich großer Schritt für mich und ich bin natürlich noch nicht fertig aber ich bin ein ganz großes Stückchen weitergekommen auf meinem Weg und es fühlt sich so unglaublich befreiend an. So gut! Der Hass und die Wut auf meine Mama, meinen Vater, meinen Bruder und unsere restliche Familie sind der Gewissheit gewichen, dass ich ihre Zuneigung und Zustimmung, ihre Anerkennung überhaupt nicht brauche. Ich hab´ liebe Menschen, die mich schätzen und mit denen ich sprechen kann. Ich will leben und lachen und tanzen und weinen und schreien und flüstern und fühlen – jeden Tag. Bisher hab ich immer nur davon philosophiert – jetzt will ich es endlich tun! Es endlich zulassen! Ich hab es geschafft mit Jean alles zu regeln, einfach weil ich endlich zu mir stehen kann. Die Kinder bleiben bei mir und jetzt wird sich noch entscheiden, ob er auszieht oder ich mit den Mäusen was suche. Er hat keine Macht mehr über mich. Ich habe keine Angst mehr davor allein zu sein denn ich war es bereits mein ganzes Leben lang. Ganz heil ist mein Herz aber noch nicht. Richard ist vor 10 Tagen los, auf den Jakobsweg. Seit 13 Tagen haben wir nicht mehr miteinander gesprochen. Ich hab´ ihm 3 Mal geschrieben – ich konnte es nicht lassen – er hat natürlich nicht geantwortet. Muss er nicht. Ich vermisse ihn aber ich weiß, dass ich ihn gehen lassen muss. Wenn er „zurückkommt" dann war unsere Freundschaft und diese „Magie" zwischen uns wahrhaftig und echt. Nur dann. Nun muss ich warten und Geduld haben und hoffen, dass alles gut wird. Ich glaube ganz fest an das Gute und daran, dass die Welt mit Mut, Aufrichtigkeit und Freundlichkeit ein besserer Ort wird. Ich sehe die Welt und die Menschen oft nicht so, wie sie sind sondern so, wie sie sein könnten. Das ist gut und schlecht zugleich.

Wüste und Märchenwald

Mein erster Freund Severin, der später Philosophie
und Politikwissenschaften studierte, hat mir,
nachdem ich „Schluss gemacht" hatte, dieses sehr
liebe und doch etwas unbeholfene Gedicht
geschenkt:

„In deinen Augen sieht man die Wüste. Die Sonne,
heißes Feuer. Donner und Blitz. Im feinen, heißen
Sand bist du geboren Wie viele Menschen haben
sich in deinen Augen schon verloren. Du jedoch,
bleibst nirgendwo und lässt dich nicht binden. Nur
unter der Sonne, im Feuer wirst du deine Träume
wirklich finden. Ich bin fasziniert und erschrocken
von dir zugleich. Dein Charakter gleicht einem
unendlich tiefen Wasser, nichts an dir ist seicht. Ich
schreie es in den Berg hinein und höre wie es
widerhallt – dieses Mädchen ist eine Naturgewalt".
Ich war 15 und er 17 Jahre alt. Es war Teenager
mäßig und süß. Ich hab´ ihn ein paar Jahre später
auf einem Festival getroffen. Er war betrunken und
sagte: „Ich denk´ noch oft an dich. Du warst 15 und
so unglaublich süß und klug. Du wusstest, wie die
Welt funktioniert. Ehrlich gesagt habe ich oft Mädels
mit denen es ernster wurde mit dir verglichen, keine
konnte so gut erzählen, so liebe Ratschläge geben
und so wahnsinnig gut zuhören wie du". Im
September letzten Jahres war ich auf seiner

Hochzeit eingeladen. Ich habe für ihn und seine Frau gesungen. Sie hatten sich im Urlaub kennengelernt. Ihr erster Sohn wurde im Dezember geboren. Ich bin seine Taufpatin.

Nun aber zurück zum Wesentlichen.

Meine Mutter hatte sich also von meinem Vater getrennt. Mein kleiner Bruder, sie und ich lebten nun in einer kleinen Zweizimmer Sozialwohnung in einem riesigen Hochhaus in einer Plattenbausiedlung nach wie vor in derselben Stadt. Ich kam in einen neuen Kindergarten damit mein Vater nicht auf die Idee kommen konnte uns am alten abzufangen und wenn meine Mutter arbeiten musste, waren mein Bruder und ich bei meiner Tante Therese und Onkel Josh die mittlerweile auch ihr Baby bekommen hatten. Ein Mädchen. Jennifer. Es gefiel mir dort nicht. Mit meinem Bruder hatte ich nun zwei Babys um mich herum und die Erwachsenen interessierten sich nicht für mich.

Ich sah meinen Vater sehr lange nicht. Meine Erinnerungen an diese Zeit sind nur sehr dumpf und verschwommen. Ich kann mich nicht mehr daran erinnern wie lange ich ihn nicht sah, was ich jedoch weiß ist, dass ich davon überzeugt war er würde mich nicht mehr lieben. Ich war der felsenfesten

Überzeugung, ich wäre schuld daran, dass ich ihn
nicht mehr sehen konnte. Seine Worte hatten sich
tief in mir verankert. „Dafür ist es nun zu spät
Mina". Mir fiel nicht auf, dass ich in dieser Zeit
immer schlanker wurde – nach etwa sechs Monaten
jedoch war ich ein normalgewichtiges Mädchen
geworden. Die Kinder i neuen Kindergarten
hänselten mich nicht mehr, ich hatte keine dicke
Wampe mehr. Ich konnte laufen, Seil springen und
klettern wie alle anderen Kinder. Die Kinder im
neuen Kindergarten waren nett zu mir, es gab viele
ausländische Kinder, die Erzieherin, Frau Fischer,
jedoch mochte mich nicht. Sie und meine Mutter
stritten sehr häufig wenn sie mich abholte, da Frau
Fischer das Erziehungsverhalten meiner Mutter
kritisierte. Ich war in den Monaten nach der
Trennung meiner Eltern immer verschlossener
geworden, ich sprach wenig, aß kaum und flüchtete
mich immer mehr in meine Traumwelt. Es fiel mir
schwer, mich an die Regeln im neuen Kindergarten
zu gewöhnen und obwohl die anderen Kinder nett
zu mir waren, wollte ich mich nicht mit ihnen
anfreunden. Ich war gerne für mich allein und
schaute mir Bücher an. Ich liebte sie damals wie
heute. Die Bilder trugen mich hinfort an Orte, in
denen ich so sein konnte wie ich wollte. Orte, in

denen alles so einfach schien. Schwarz und weiß.
Gut und Böse. Die Erzieherinnen im Kindergarten
hielten mich für geistig eingeschränkt, Frau Fischer
kann ich noch heute sagen hören: „Mina! So
benehmen sich Kinder nicht! Setz dich richtig hin.
Leg endlich das Buch weg. Du bist ein Vorschulkind!
Das geht so nicht!". Zu ihren Kolleginnen hörte ich
sie manchmal sagen: „Das Mädchen ist verrückt. Da
haben wir uns vielleicht was angetan so eine mitten
unterm Jahr noch aufzunehmen". Ich wusste, dass
ich nicht verrückt war. Im Garten sprach ich nach
wie vor mit Wichteln und Elfen. Die anderen Kinder
fanden das lustig, Frau Fischer wurde richtig
wütend. Während die Gruppe draußen spielte
musste ich irgendwann immer drinnen am Tisch
sitzen und ein Puzzle bauen. Ich hasste Puzzles. Ich
hasse sie noch heute. Vermutlich auch deswegen.
Irgendwann durfte ich wieder zu meinem Vater
fahren. Er holte mich jedes zweite Wochenende
samstags ab und brachte mich Sonntagabend
wieder zurück. Mein Bruder musste nicht
mitkommen, er war noch zu klein.

An den Wochenenden bei meinem Vater schaute ich
einen Disney Film nach dem anderen. Ich liebte
diese Filme. Alles war so einfach. So klar. Jedes
Klischee wurde bedient. Die Guten waren perfekt

und die Bösen richtig böse. Alles hatte seinen Platz. Ich fühlte mich wohl in dieser Welt. Als meine Träumerei immer schlimmer zu werden schien, schickte mich meine Mutter zu einer Therapeutin. „Ich weiß nicht, was ich sonst noch tun soll", klagte sie ihr Leid unserer Nachbarin. „Sie ist einfach ein so merkwürdiges Kind. Ich komm nicht an sie heran. Beim Spazieren gehen läuft sie kreuz und quer, guckt dauernd in den Himmel hinauf und singt vor sich hin. Ständig stolpert sie. Sie schauspielert. Es ist so schwierig mit ihr. Ich bin da schon gestraft".

Im Nachhinein fällt mir natürlich auf, dass vor Allem meine Mutter langsam all jene Eigenschaften an mir die sie zunächst forciert hatte, zu hassen begann. „Dein Gesinge ist fürchterlich Mina, sei doch still, das will jetzt niemand hören". „Du hast überhaupt kein Talent". „Hör auf hier eine Show abzuziehen, willst du mich verarschen".

Ich hatte Glück mit der Therapeutin. Sie verstand, dass nicht ich das Problem war. Ich genoss die Stunden bei ihr. Sie ließ mich malen und singen, erzählte mir Geschichten, die ich weiterspinnen durfte. „Sie haben eine ganz tolle Tochter Frau Bashri", hörte ich sie zu meiner Mutter sagen. „Hören sie ihr mal öfter zu, von diesem kleinen

Mädchen kann man noch etwas lernen". Kurz darauf, erklärte mir meine Mutter ich müsse nicht mehr zu dieser komischen Frau gehen, sie würde nicht verstehen, dass mit mir etwas nicht stimmte und könnte mir deshalb auch nicht helfen. Zu meiner Großmutter hörte ich sie sagen: „ Da sagt die zu mir, ich solle diesem Kind mehr zuhören und dem was sie sagt mehr Bedeutung schenken. Wer glaubt die denn, wer sie ist? Meint die ernsthaft, Minas Singerei und dieses bescheuerte vor sich hin träumen sei normal. Sie ist so schwierig. Ich mach doch eh schon alles was ich kann". Meinem Vater erzählte sie er allein sei daran schuld, dass ich so verrückt sei woraufhin er damit begann mich systematisch gegen meine Mutter aufzuhetzen. „ Mina, deine Mutter hat gesagt, du bist verrückt. Ich sag das nicht. Du bist Babas Prinzessin". Die Realität wurde für mich immer schwieriger. Jeder erwartete etwas von mir. Ich versuchte es irgendwie allen recht zu machen. Ich wollte doch ein liebes Mädchen sein. Meine Mutter sagte, mein Vater wäre böse. Mein Vater sagte, meine Mutter würde mich nicht lieben und er wäre der einzige, der mich lieb hätte. Ich verbrachte zu viel Zeit bei Tante Therese. Durch meinen Bruder und meine Cousine hatte diese überhaupt keine Zeit für mich. Wenn ich ihr von meinen Problemen erzählen wollte sagte sie nur: „Das hat mir deine Mutter schon gesagt". Ein Jahr nach der Trennung reichte diese schließlich die Scheidung ein.

Ich musste mit Mitarbeitern vom Jugendamt sprechen, Psychologen, das Jugendamt kam zu meiner Mutter nach Hause und ebenso am Wochenende zu meinem Vater. Es wurde alles genauestens überprüft. Irgendwann bemerkte meine Mutter wohl, dass unser Leben so nicht weitergehen konnte. Wir zogen um, in die Nähe meiner Großeltern. Es war eine schöne große Wohnung in einem winzig kleinen Dorf. Es gab nur 12 Häuser um genau zu sein. Ich liebte diesen Ort vom ersten Augenblick an. Ich glaube, dass ich mich nie wieder so zu Hause gefühlt habe wie damals. Ich wechselte also ein weiteres Mal den Kindergarten. Meine neue Erzieherin Viktoria war ein Engel – ich habe sie als Erwachsene einmal beim Spazierengehen getroffen und sie hat mich wiedererkannt und mir gesagt, dass ich ein so wunderbares Kind war, dass sie mich nie vergessen hat. Meine Mutter ging von nun an wieder Vollzeit arbeiten und Yassir und ich wurden fast nur noch von unseren Großeltern betreut. Es ging mir gut. Schließlich entschied das Familiengericht, dass ich

meinen Vater, jedes zweite Wochenende nur noch
einen Tage besuchen durfte. An dem ersten
Wochenende, an dem dies vollzogen wurde, schlug
er mich zum ersten Mal. Ich spielte mit einem
kleinen Jungen in meinem Alter auf dem Spielplatz,
mein Vater war in der Wohnung oben. Als der Junge
mich fragte, ob er bei uns etwas zu trinken haben
könnte, nahm ich ihn mit nach oben. Mein Vater gab
dem Jungen eine Capri Sonne und schickte ihn
wieder weg. Ich durfte nicht mehr mit nach unten.
Ich bemerkte, dass irgendetwas nicht in Ordnung
war. Mein Vater schloss die Wohnungstür, zog
seinen Gürtel aus der Hose und schlug auf mich ein.
Ein; zwei Mal mit dem Gürtel und dann mit der
Hand. „Du hast keinen Respekt vor mir Mina. Du bist
ein böses Mädchen. Niemand liebt dich so". Er
schlug immer wieder auf mich ein. Ich kauerte auf
dem Boden und weinte. Als er aufgehört hatte mich
zu schlagen, bemerkte ich, dass ich mich angepinkelt
hatte. Als auch er dies bemerkte, wurde er nur noch
wütender. Er zog mich aus und schlug mir die
angepinkelten Kleidungsstücke ums Gesicht. Dann
packte er mich, trug mich ins Badezimmer und
duschte mich eiskalt ab. Als ich abends zu meiner
Mutter nach Hause kam, war ihr neuer Freund Andi
da. Sie knutschten auf unserer Couch. Ich ging zu ihr.

„Mama, ich will nicht mehr zu Baba fahren. Er hat mich heute geschlagen". Meine Mama fing an zu lachen. Andis Hand war unter ihrem Wickelrock. „Siehst du, ich hab dir doch erzählt, dass sie sich immer wieder irgendwelche Geschichten zusammenspinnt", sagte sie an ihn gewandt. Sie hörte auf zu lachen. „Mina, erzähl keine Lügen. Dein Vater schlägt dich nicht. Natürlich fährst du weiterhin zu ihm, das ist die einzige Zeit in der ich mal meine Ruhe von dir hab und jetzt geh in dein Zimmer. Jetzt ist meine Zeit. Nicht deine". Ich ging und die beiden knutschten weiter. Mein Vater schlug mich noch viele Male. Ich erzählte es ihr nie wieder. Später schlug auch sie mich regelmäßig.

Ich weiß, dass meine Mutter in diesen Erinnerungen in keinem guten Licht gezeigt wird. Es ist mir daher wichtig, klarzustellen, dass sie wohl nicht immer so war. Margarte war ebenso wie ich ein Opfer der Umstände und ihrer Erziehung. Ich will sie nicht in Schutz nehmen auch habe ich nie vergessen, was sie mir über die Jahre hinweg angetan hat. Ich hege nur keinen Groll mehr gegen sie. Mittlerweile habe ich glücklicherweise den Abstand zu meinen Eltern gewonnen, den ich brauche um mich selbst annehmen, mich selbst lieben zu können. Einige

Tage bevor ich angefangen habe dieses Buch zu
schreiben entstand dieser Brief an sie:

Liebe Mama,

*ich schreibe dir, da sprechen so viel schwieriger für
mich ist und meine Sprache die geschriebenen Worte
sind. Das, was in den nächsten Zeilen steht, wird dir
nicht gefallen denn es ist die Wahrheit. Ich schreibe
heute an dich mit dem Willen ungeschönt und
aufrichtig zu sein. Es ist mir egal, ob dich diese
Worte verletzen denn sie sind bitternötig. Für dich
und für mich. Mama, ich bin seit über einem Jahr
nicht mehr mit Jean zusammen. Wir lieben uns nicht
und im Nachhinein weiß ich, dass ich ihn nie geliebt
habe. Dies erklärt auch, warum ich in zehn Jahren
nicht dazu in der Lage war diese Worte
auszusprechen. Ich liebe ihn nicht. Der Grund,
warum ich dir erst jetzt davon erzähle ist jener, dass
ich dir nicht noch einen Grund geben wollte mich zu
belächeln, mich zu bemitleiden und dir zu denken
„Womit habe ich diese Tochter denn verdient". Ich
möchte kein Mitleid, kein Verständnis. Ich möchte
auch nicht mit dir darüber reden. Zwischen uns ist zu
viel passiert als dass es so werden kann, wie du es dir
wünschen würdest. Ich denke, ich muss die*

Geschehnisse nicht wiederholen, du kennst sie ebenso gut wie ich. Dieser Brief dient nicht dazu, dir wehzutun auch wenn es dir sicherlich so erscheinen mag. Ich habe in den letzten Monaten, Wochen und Tagen immer mehr über mich selber gelernt. Ich therapiere mich sozusagen selbst indem ich jede noch so hauchdünne Schicht meiner Persönlichkeit abtrage und auseinandernehme. Ich möchte wissen, warum ich so bin, wie ich bin. Ich möchte mich annehmen und lieben können. Und glaub mir, es gibt Schichten vor denen graut mir selbst denn sie sind modrig, schwarz und riechen nach Verwesung. Andere wiederrum leuchten und sind von goldenen Fäden durchzogen. Es gibt so viele verschiedene Facetten. Ich will sie alle erkunden. Was du damit zu tun hast? Ich möchte dir sagen, dass ich dir vergebe, dass du nicht so für mich da warst, wie es deine Pflicht als Mutter gewesen wäre. Mir ist jedoch wichtig, dass du weißt, dass du Fehler gemacht hast, die mir bis heute nachhängen, mir mein Leben erschweren. Du hast mich nie wirklich ernst genommen. Du hast dafür gesorgt, dass unsere gesamte Familie mich nicht ernst nimmt und mein eigener Bruder bis heute denkt, es wäre in Ordnung mich zu belächeln. Wegen dir, habe ich mich jahrelang selbst nicht ernst genommen. Ich dachte

*stets, ich müsse mich für meine Existenz
entschuldigen. Du hast mein Dasein so unglaublich
oft als Bürde dargestellt. So, als wäre dein Leben
dadurch schlecht, gar ruiniert. Ich denke nicht, dass
du dies mit Absicht getan hast. Du hast mit meinem
Vater schreckliche Dinge erleben müssen und ich
verstehe, dass mein Anblick dich oft an diese erinnert
hat. Du aber hast mich gemacht, mich zur Welt
gebracht – ich bin nicht durch ihn allein entstanden
sodass du in der Opferrolle warst. Ich war das Opfer
eurer Unwissenheit. Eurer Dummheit zum Teil.
Später auch mein Bruder. Nur, dass du ihn stets mit
Liebe überschüttet hast und alles, was er gemacht
hat als außergewöhnlich und so besonders benannt
hast. Ich war für dich immer merkwürdig,
gewöhnlich. Du hast mich nicht wie ihn gefördert.
Meinen Gesang nicht wertgeschätzt, mein Talent
zum Schauspiel, zur Literatur nicht gewürdigt. Du
hast zugelassen, dass unsere Familie mich belächelt.
Ich war dein Sündenbock. Es wäre deine Pflicht als
Mutter gewesen, mir das Gefühl zu geben, ich sei
ebenso wertvoll wie andere Menschen. Während
mein Bruder sich nun der Elite zugehörig fühlt muss
ich mich damit rumärgern, meine Existenz als
verdient anzusehen. Du bist die einzige, die dies
hätte verhindern können. Stattdessen hast du mir*

vorgehalten, dass du meinen Bruder mehr liebst als
mich, mit mir einfach weniger anfangen kannst. Du
hast meine Wahrnehmung getrübt und mir immer
wieder eingeredet, ich wäre nicht normal. Ich
vergebe dir. Ich weiß, dass du aus Neid gehandelt
hast. Da auch du dies weißt, reicht dies völlig aus. Du
bist diejenige, die damit leben muss, ihrer eigenen
Tochter aus purem Neid und einfältiger Selbstsucht
seelische Schäden zugefügt zu haben. Aber ich bin
nun nicht mehr das Opfer deiner Dummheit, ich bin
erwachsen, habe selbst Kinder. Ich kann dir vergeben
und brauche deine Liebe, dein Verständnis, deine
Anerkennung, dein Mitleid nicht mehr. Ich hab
endlich angefangen, mich zu spüren. Mich so zu
sehen, wie ich bin. Frei von deiner, festgefahrenen
Meinung über mich, die ohnehin niemals wahr
gewesen ist. Mir ist klar, dass ich allein den
Schlüssel in mir trage. Den Schlüssel zur Erkenntnis,
dass ich wertvoll bin. Und ich weiß, dass ich diesen
Prozess erfolgreich durchleben werde. Du, ihr alle
habt mich gebogen und gebrochen und nun setz ich
mich wieder zusammen in eine bessere Form. Liebe
Mama, ich wünsche dir, dass auch du den Hass, der
noch immer dein Dasein durchzieht, loslassen
kannst. Ich wünsche dir, dass du lernst zu leben und
zu lieben – vor allem dich selbst. Ich wünsche dir und

jedem anderen dies keinen falls in der Annahme, ich
wäre weiter als ihr. Ich wünsche es euch mit Mut auf
der Zunge, Liebe im Herzen und Freundlichkeit in den
Augen. Mama, ich bin versucht zu sagen, du und ich
sollten nichts mehr miteinander zu tun haben. Am
besten nie wieder. Das würde jedoch meinem
Wesen widersprechen. Es wird niemals gut werden,
ich werde dir niemals vertrauen und wir werden nie
beieinander sitzen und ohne Abstand reden können.
Ich hege keinen Groll, keinen Hass mehr gegen dich.
So kann ich dir sagen, dass ich dir immer einen ganz
kleinen Platz in meinem Leben einräumen kann –
den kleinsten, den es gibt und du definierst nichts
davon. Ich bin ich selbst ohne dich, ohne meinen
Vater. Ohne eure falsche Meinung von mir. Aus euch
besteht leider mein Fundament, meine Existenz ist
euch zu verdanken. Ich bin aus euch gemacht. Ich
habe mich selbst aber neu definiert. Anders. Ihr wart
nicht gut für meine Seele. Ich liebe dich Mama. Ich
vergebe dir. Vergib du dir auch irgendwann.

Deine Mina

Nachdem ich den Brief nochmal abgetippt hatte
konnte ich mehrere Tage nicht mehr weiter
schreiben. Die Beziehung zu meiner Mutter war

stets von der Annahme meinerseits definiert, dass Alles irgendwann gut werden würde. Ich habe nie wirklich aufgehört, auf ihre Anerkennung, ihr Verständnis, ihre Liebe zu warten. Dieser Schritt, die Erwartungen an sie abzulegen und mich selbst anzunehmen, mir selbst gut zuzusprechen und die Vergangenheit loszulassen, nicht mehr als Entschuldigung für mein Verhalten zu missbrauchen war ein monumentaler Schritt für mich. Dies wurde mir in dem Moment, in dem ich diesen Brief abtippte bewusster denn je. Ich verbrachte die nächsten Tage im Bett und in der Natur und dachte nach, versuchte mich zu finden. Ich habe mich jahrelang darüber definiert, dass ich eine schwierige Kindheit hatte und deshalb mein Leben nicht wirklich auf die Reihe kriege. Plötzlich fiel dies weg. Wer war ich ohne dies? Ich brauchte einige Tage um zu erkennen, dass ich nun den letzten entscheidenden Schritt in Richtung Freiheit gegangen war. Es fühlte sich noch so ungewohnt an. Nun gab es niemanden mehr, der mich beherrschte, niemanden der mir Angst einjagte. Ich war frei. Jean, meine Mutter, mein Vater, all die anderen Menschen – sie alle waren winzig klein. Gespenster aus der Vergangenheit die nach und nach im strahlenden Licht der Gegenwart verblassten. Ich fing an, mich zu spüren. Ganz langsam.

Ali Baba und Goethe

Mich fasziniert nichts so sehr wie die Liebe. Mein Dasein begründet darauf, dass ich davon überzeugt bin, dass die Liebe als treibende Kraft die Welt zu einem besseren Ort machen kann. Ich weiß, dass diese Annahme eine kindliche Seite in sich trägt, einen Funken Naivität besitzt und doch, halte ich an ihr fest wie an nichts anderem. Ich glaube ganz fest daran, dass in jedem einzelnen Menschen auf dieser Erde Liebe steckt.

Es war einmal ein Kaufmann, der hatte drei Söhne und drei Töchter. Der Vater liebte seine jüngste Tochter ganz besonders, denn sie hatte ein freundliches und kluges Wesen. Weil sie so hübsch war, wurde sie überall >die Schöne< genannt. Wie die Geschwister miteinander heranwuchsen, wurden die älteren Schwestern immer neidischer auf die jüngste und verspotteten sie bei jeder Gelegenheit, denn es ärgerte sie, dass die Schöne die Aufmerksamkeit der reichsten und hübschesten jungen Männer auf sich zog. Diese wurden allerdings alle höflich, aber bestimmt abgewiesen, und die

Schöne sagte jedes Mal, dass sie noch nicht bereit sei, ihren Vater zu verlassen.

Eines unheilvollen Tages aber ging die gesamte Flotte des Vaters samt ihrer Fracht unter und die Familie fiel in größte Armut. Sie mussten ihr Haus in der Stadt aufgeben und zogen in die Wälder, wo sie ein einfaches Leben führten. Die Schöne begann ohne viel Aufhebens, sich um das Haus zu kümmern und für jeden zu sorgen, so wie es einst die Dienstboten getan hatten. Der Vater und die Brüder waren ihr sehr dankbar dafür, die Schwestern aber verachteten sie.

Nach vielen Monaten schien sich das Geschick des Vaters wieder zum Besseren zu wenden und er kehrte in die Stadt zurück, um sich um seine Geschäfte zu kümmern. Die älteren Schwestern verlangten lautstark, er möge ihnen neue Kleider mitbringen, nur die Schöne sagte nichts, bis er sie fragte: »Und du, Schöne, was soll ich dir mitbringen? Du warst so hilfsbereit und hast hart für uns alle gearbeitet. Ich will auch dir ein Geschenk machen«. Die Schöne dachte eine Weile nach und sagte dann: »Ich bitte dich, mir eine einzige rote Rose zu bringen.«

Die Geschäfte gingen nicht gut für den Kaufmann, und entmutigt machte er sich wieder auf den Heimweg. In der Nacht geriet er in einen schrecklichen Sturm und er suchte Schutz in einem Schloss. Er war verwundert über dieses Schloss, denn er konnte sich nicht daran erinnern, es zuvor an dieser Stelle gesehen zu haben.

»Ich denke, in einer solchen Nacht werde ich hier in Sicherheit sein«, überlegte er, als er den hell erleuchteten Schlosshof betrat. Er wollte sich durch Rufen bemerkbar machen, doch niemand antwortete ihm. So betrat er das Schloss und schritt von Raum zu Raum, bis er zu einem Speisesaal kam. Dort war der Tisch appetitlich gedeckt und im Kamin brannte ein helles Feuer. Auch diesmal antwortete niemand auf sein Rufen. Da der Ort so warm und einladend wirkte, setzte er sich, um zu essen. Er erwartete, dass jeden Augenblick jemand erscheinen würde. Als er seinen Hunger gestillt hatte, fühlte er sich sehr müde und machte sich auf die Suche nach einem Zimmer, in dem er schlafen konnte. »Es scheint, dass man mich erwartet hat«, dachte er, während er sich in einem warmen Schlafzimmer in ein frisch gemachtes Bett legte.

Als der Kaufmann erwachte, fand er anstelle seiner staubigen Kleider vom Vortag frische Gewänder vor, und das Frühstück war für ihn zubereitet wie für einen willkommenen Gast. Weil die Sonne schien, begab er sich, bevor er das Schloss verließ, in den Garten, um dessen Schönheit zu bewundern. Plötzlich fiel sein Blick auf eine herrliche rote Rose, *auf der der Tau in der Morgensonne glänzte. »Diese Rose muss ich für meine geliebte Schöne mit nach Hause nehmen«, beschloss er, und er streckte seine Hand aus, um die Rose zu pflücken. Doch in diesem Moment erscholl ein drohendes Gebrüll und eine hässliche Gestalt erschien vor ihm.*

»Wie könnt Ihr es wagen, meine Rose zu stehlen« , brüllte das hässliche Biest. »Dankt Ihr mir so für meine Gastfreundschaft? Dieses Vergehen müsst Ihr mit dem Leben bezahlen«.

Der verängstigte Kaufmann fiel auf die Knie und flehte: »Es tut mir sehr leid, dass ich Euch beleidigt habe. Ich dachte nicht an Diebstahl, als ich meiner geliebten Tochter dieses kleine Geschenk mitbringen wollte; sie bat mich beim Abschied um eine einzige rote Rose«.

»Ihr solltet Euch besser überlegen, was Ihr tut«, knurrte das Biest. »Ihr müsst Eure Strafe haben. Wenn Ihr jedoch nach Hause geht und mir eine Eurer Töchter an Eurer Stelle schickt, sollt Ihr mit dem Leben davonkommen. Andernfalls müsst Ihr Eure Familie verlassen und in drei Monaten zu mir zurückkehren.«

Der Kaufmann verließ das Schloss des Biests und machte sich traurig auf den Heimweg, die rote Rose für die Schöne in der Hand. Seine Kinder hießen ihn voller Freude willkommen, doch ihre Freude verwandelte sich in Schrecken, als sie hörten, was sich zugetragen hatte. Die Schöne zögerte keinen Augenblick und war bereit, an ihres Vaters Stelle zu dem Biest zu gehen. Davon wollte dieser jedoch nichts wissen. »Du darfst nicht um meinetwillen leiden«, beschwor er das Mädchen. »Ich will mich noch eine kleine Weile Eurer Gesellschaft erfreuen, dann werden wir uns Lebewohl sagen und ich werde in das Schloss des Biests zurückkehren.«

Doch die Schöne war fest entschlossen, an Stelle ihres Vaters zu dem Biest zu gehen. »Ich kann ohne dich nicht leben«, sagte sie, »und so werde ich dich begleiten, wenn du mich schon nicht allein gehen lassen willst. Das ist mein fester Entschluss«.

Alle weinten, als die Schöne und ihr Vater sich auf den Weg machten, wenn auch die Trauer der Söhne aufrichtiger war als die der Schwestern. Schon bald erreichten sie das Schloss des Biests. Wie zuvor fanden sie einen gedeckten Tisch und frisch gemachte Betten vor, und zu ihrer größten Verwunderung fielen sie in einen erholsamen Schlaf und erwachten erfrischt. Die Schöne hatte von einer alten Fee geträumt, und nach diesem Traum fühlte sie sich weniger ängstlich. Sie erzählte dem Vater von dem Traum und sagte zu ihm: »Nun musst du mich meinem Schicksal überlassen. So soll es geschehen.«

Schweren Herzens küsste ihr Vater sie und ließ sie dann allein. Die Schöne winkte ihm noch nach und wanderte dann durch die zauberhaften Gärten und prächtigen Räume des Schlosses. In einem besonders hübschen Zimmer stand ihr eigener Name an der Tür. Dort setzte sie sich nieder und weinte um ihren Vater. Doch als sie aufblickte, sah sie in einem Spiegel vor sich an der Wand, wie ihr Vater wohlbehalten zu Hause ankam, und da fühlte sie sich schon viel besser.

Als es Mittag war, deckten unsichtbare Hände ihr den Tisch, und während sie aß, erklang eine sanfte Musik, die ihrer Seele wohl tat. Als sie sich abends wieder zum Essen niedersetzte, hörte sie ein Brüllen wie von einem wilden Tier, und sie zitterte, als das Biest erschien. Doch ihre Angst verwandelte sich in Erstaunen, als es mit sanfter Stimme fragte: »Liebe Schöne, darf ich hier bleiben, während du speisest? Wenn es dir lieber ist, werde ich wieder gehen, doch ich würde mich freuen, dir eine Weile Gesellschaft leisten zu dürfen«. Die Schöne fürchtete sich, doch sie nickte zustimmend, und das Biest blieb und unterhielt sich mit ihr, während sie ihr Abendessen zu sich nahm.

Am nächsten Tag spielte sich alles genauso ab wie am ersten, und so verging die Zeit, ohne dass das Biest der Schönen etwas angetan hätte. Sie ängstigte sich immer weniger, und wie die Tage *vergingen, fasste sie immer mehr Zutrauen zu ihm. Nach einiger Zeit stellte sie mit Erstaunen fest, dass sie sich schon auf die Mahlzeiten freute, bei denen es ihr Gesellschaft leisten würde.*

Jeden Abend nach ihrer angeregten Unterhaltung schaute das Biest die Schöne sehnsuchtsvoll an und bat sie, ihn zu heiraten. »Aber nein«, antwortete sie jedes Mal, »obwohl ich dich sehr gern habe, könnte ich so ein Biest wie dich nicht heiraten«. Bei diesen Worten lächelte das Biest traurig und wandte sich ab.

Eines Tages hatte die Schöne besonders großes Heimweh. Sie nahm all ihren Mut zusammen und fragte das Biest, ob es ihr jemals erlauben würde, ihren Vater wiederzusehen, sei es auch nur, um ihm zu sagen, dass sie in Sicherheit und gut versorgt war.

»Oh Schöne, deine Bitte bereitet mir großen Kummer«, antwortete das Biest auf ihre Frage. »Ich bin so glücklich, dass du hier bist, und ich fürchte, dass du mich vergessen wirst, wenn du weggehst. Und doch kann ich dir deine Bitte nicht abschlagen. Du darfst also zu deinem Vater gehen, aber vergiss mich nicht und komm nach einer Woche zu mir zurück. Nimm diesen Ring, er wird dich an mich erinnern. Sobald du bereit bist zurückzukommen, musst du ihn nur an den Finger stecken und du wirst sofort wieder hier sein«.

Die Schöne war von seiner Antwort gerührt. »Hab Dank, du liebes, freundliches Biest. Ich werde dich ganz bestimmt nicht vergessen. Ich werde nur wenige Tage fort sein und ich verspreche dir zurückzukehren, bevor die Woche um ist«.

Der Kaufmann war überglücklich, als seine Tochter plötzlich vor seiner Tür stand. Sie verbrachten so glückliche Tage miteinander, dass die Schöne völlig vergaß, wie lange sie schon fort war. Sie bat ihre Familie, sie daran zu erinnern, wenn die Woche um war, doch die Schwestern hatten verabredet, sie zu Hause zurückzuhalten, in der Hoffnung, dass das Biest sie verschlingen würde, wenn sie ihr Versprechen nicht hielt.

Doch als sie eines Nachts allein war, dachte die Schöne: »Wie undankbar ist es von mir, so lange wegzubleiben und das gute Biest so zu enttäuschen«. Fortan schlief sie schlecht, und in der zehnten Nacht sah sie sich im Traum im Garten des Schlosses, wo das Biest krank vor Kummer zwischen den Rosen lag und nach ihr rief. Die Schöne erwachte weinend, und da wurde ihr bewusst, wie sehr sie ihren Gefährten vermisste und wie gerne sie zu ihm zurückkehren wollte. Da fiel ihr der Ring ein und sie steckte ihn sich an den Finger. Im selben Augenblick fand sie sich im Speisesaal des Schlosses wieder, wo das Abendessen schon für sie bereitstand. »Wo er nur bleibt? «, wunderte sie sich, als sie ihr Mahl beendet hatte, ohne dass das Biest erschienen war. »Vielleicht ist er böse auf mich und wird mir nie mehr Gesellschaft leisten«. Sie machte sich auf die Suche, konnte ihn jedoch nirgends im Schloss finden. Da erinnerte sie sich an ihren Traum. Sie eilte in den Garten, und tatsächlich fand sie ihn verlassen und sterbend zwischen den Rosen.

»Liebes, liebes Biest«, rief die Schöne und warf sich neben ihm auf den Boden. Sie nahm seine schwieligen Klauen zwischen ihre Hände. »Wie habe ich dich vermisst! Bitte vergib mir und sei mir wieder gut«.

Doch es blieb bleich und bewegungslos liegen. Sie streichelte sein raues Gesicht mit ihren zarten Händen, und da öffnete er die Augen. »Liebe Schöne, ich dachte, du hättest mich vergessen, und so muss ich sterben, denn ich kann ohne dich nicht leben«. »Liebes Biest! Liebes, gutes Biest! Bitte stirb nicht. Bleib bei mir. Ich werde dich nie mehr verlassen, sondern mit dir auf deinem Schloss leben und deine Frau werden«. Mit diesen Worten küsste sie ihn zärtlich und schloss dabei die Augen.

Da war das Schloss plötzlich von tausend Lichtern und Musik erfüllt, und als die Schöne die Augen öffnete, war das Biest verschwunden. An seiner Stelle stand ein junger Prinz, der sie freudig anlächelte. »Ich bin das Biest, vor dem du dich so gefürchtet hast«, erklärte er. »Ich war von einer bösen Fee verzaubert und in ein hässliches Wesen verwandelt, und nur die Liebe einer Frau konnte mich erlösen. Jetzt bin ich von ihrem Zauber befreit und wir können in Frieden miteinander leben.«

Das Entzücken der Schönen wurde noch größer, als sie das Schloss betraten und dort ihre Familie vorfanden. Der Kaufmann war vom Glück seiner Tochter ganz überwältigt und umarmte sie und ihren Prinzen voller Freude. Die neidischen Schwestern wurden in Statuen aus Stein verwandelt, und in dieser Gestalt müssen sie verharren, bis es ihnen gelingt, ihren Neid zu besiegen. Die Schöne und ihr Prinz vermählten sich und regierten in ihrem Königreich glücklich und zufrieden bis ans Ende ihrer Tage.

Ich glaube jedoch auch daran, dass die meisten Menschen leider vergessen haben diese Liebe zu fühlen. Dass Taten und Worte unser Innerstes verschleiern und so vielen der Unterschied zwischen dem was wir tun und dem was wir sind nicht einleuchtet. Ich versuche diesen feinen Unterschied zu wahren. Leider führte dies in der Vergangenheit oft dazu, dass ich benutzt und ausgenutzt wurde da die Menschen meine Gutmütigkeit als Dummheit ansahen. Dem ist nun nicht mehr so. Es wird besser. Jeden Tag. Mit kleinen Schritten.

Als kleines Mädchen war ich fasziniert von Märchen. Ich liebte fantastische Geschichten. Sie halfen mir der grausamen, traurigen Realität zu entfliehen und ich wage zu behaupten, dass ich mitunter mehr Zeit in diesen Fantasiewelten verbracht hatte als im wirklichen Leben. „Die Schöne und das Biest" konnte ich nicht oft genug hören. Im letzten Jahr besuchte ich eine Gegend in Frankreich in der sich die Legende vom verzauberten Prinzen, der durch die Liebe eines schönen Mädchens von seinem Fluch, als Biest zu leben, befreit wurde, zugetragen haben soll. Selbst mit Mitte Zwanzig faszinierte mich dieses Märchen noch immer.

Nachdem ich Lesen konnte, sah man mich nur noch selten ohne ein Buch. Ich las klassische Mädchenbücher wie Hanni und Nanni, später dann Harry Potter und mit Beginn meiner Pubertät begann ich Shakespeare zu verschlingen. Mit Anfang 20 dann Goethe. Faust ist für mich bis heute das bedeutendste Werk der Literaturgeschichte. Ich lese für mein Leben gerne. Es entspannt mich. Es erdet mich. Es hilft mir dabei, die Gegenwart besser verstehen zu können.

Mein Blogpost vom 25.4.2017:

Als ich vor ein paar Tagen den Frühjahrsputz in Angriff genommen hatte, fiel mir beim Aufräumen ein Buch in die Hände: "Wie man richtig küsst" von Holly-Jane Rahlens. Ich habe dieses Buch vor ziemlich genau 10 Jahren bei ihrer Lesung gekauft. Es war das erste Mal, dass ich auf einer Autorenlesung war und ich erinnere mich gerne daran. Ich war 16 Jahre alt und liebte Bücher damals schon genauso wie jetzt, nur traute ich mich noch nicht selbst zu schreiben. Ich war gut in Deutsch und mein Lehrer hatte ein paar andere Schüler und mich ausgewählt, ihn zur Lesung zu begleiten. Er kannte die Autorin. Als ich anschließend das Buch kaufte, stellte er mich ihr vor und erzählte, dass ich unglaublich großes Potential hätte selbst zu schreiben und dass ich aber meine "Stimme" noch nicht gefunden hätte. Frau Rahlens lachte, legte mir ihre Hand auf die Schulter und sagte: "Dieses Mädchen hat sicherlich großes Potential nur muss sie noch ihren Marek finden, dann findet sie auch ihre Stimme". Marek war der Junge aus ihrem Buch, Ein Pianist. Er und die Protagonistin Rebella begegnen sich auf der Lesereise ihrer Mutter in einem bayerischen Schlosshotel. Rebella macht eine schwere Zeit durch, kann sich niemandem öffnen und Marek und sie verlieben sich ineinander. Er ist derjenige mit dem sie als erstes über den Tod ihres Vaters sprechen kann. Sie schreibt gerne, ist eine Dichterin. Er "berührt ihre Seele" und sie findet dadurch mehr zu sich selbst, findet zu ihrer Stimme sozusagen. Holly-Jane Rahlens hat ihr Buch für mich signiert: " Für Mina. Find your Marek. And find your "voice" so you can write and be a great writer". Jetzt, zehn Jahre später, schreibe ich. Jeden Tag. Es befreit mich. Es hilft mir. Es macht mich glücklicher. Tatsächlich "fließt" es jedoch erst seit wenigen Monaten wirklich. Ich habe jemanden kennengelernt. Jemanden, vor dessen Blick ich mich nicht verstecken konnte. Jemanden, dem ich alles von mir erzählt habe und der "meine Seele berührt hat". Jetzt ist er weg und es ist ziemlich wahrscheinlich, dass er und ich nicht mehr zusammen finden aber das ist nicht mehr ganz so schlimm. Ich hab durch seine Hilfe ein Stückchen mehr zu mir finden können, gelernt mehr auf meine "Stimme" zu hören. Ich fühl mich losgelöster. Freier. Das ist ein großes Geschenk. Es ist erfrischend zu sehen, dass manche Dinge tatsächlich so simpel sind. So menschlich. Bisher habe ich immer krampfhaft nach Inspiration gesucht, mich zum Schreiben gezwungen. Nun finden die Ideen mich, Eine kleine Anekdote, die mir ein Unbekannter beim Spazierengehen erzählt. Die Liebesgeschichte einer

alten Freundin. Ein Bild. Ich muss nicht mehr suchen,
mich zu nichts drängen. Es kommt mit einem leisen
Windhauch, findet mich. Danke!

Während ich den Post noch einmal durchlese
kommt mir ein wesentlicher Gedanke in den Sinn:
„Ich hab so unendlich lange nach dem „Warum" in
meinem Leben gesucht, dass ich nun auf ein herrlich
erfrischendes „Egal" gestoßen bin".

Steine und Sand

Ich bin 8 Jahre alt. Mein Vater holt mich und meinen
Bruder an einem bis dahin ganz gewöhnlichen
Samstag wie immer ab um den Tag mit uns zu
verbringen. Die 45 Minuten Autofahrt bis zu seinem
Zuhause verlaufen still wie immer. Als wir jedoch
seine Wohnung betreten, ist alles anders. Es hängen
islamische Schriften an den Wänden,
Gebetsteppiche zieren den Wohnzimmerboden.
Eine fremde Frau steht in der Küche. Es riecht nach
frittiertem Essen. Mein Vater stellt uns die Frau vor.
Salua heißt sie. Seine neue Frau. Unsere Stiefmutter.
Sie ist schön. Nur zehn Jahre älter als ich. Gut

zwanzig Jahre jünger als mein Vater. Tunesierin.
Spricht kein Wort Deutsch. Mein Vater
verabschiedet sich von mir und meinem Bruder. Wir
verbringen den Tag mit der fremden Frau in der
Wohnung. Abends kommt mein Vater wieder und
fährt uns zurück zu meiner Mutter. So liefen von da
an alle Besuchstage ab.

Salua war die Tochter eines Tunesiers und einer
Deutschen. Sie ist Anfang der Siebziger Jahre in
Bonn zur Welt gekommen. Als sie zwei Jahre alt war,
hat ihr Vater sie und ihre jüngere Schwester nach
Tunesien entführt. Sie wuchs in Tunis bei ihrer
Großmutter auf. Ihre Mutter sah sie erst mit Ende
zwanzig zum ersten Mal wieder. Mein Vater hatte
sich Salua sozusagen eingekauft. In Tunis wollte sie
noch Rechtsanwältin werden. In den vier Jahren
nach der Hochzeit mit meinem Vater bekam sie vier
Kinder, meine Halbgeschwister und verließ nur
selten die Wohnung. Ich mochte sie. Manchmal
wenn ich sie ansah, war ich meiner Mutter
unendlich dankbar, dass sie verhindert hatte, dass
mein Vater meinen Bruder und mich nach Tunesien
entführen konnte.

Saluas Schicksal hielt mir stets mein eigenes Glück
vor Augen.

Über die Jahre hinweg wurde mein Vater immer religiöser. Salua musste ein Kopftuch tragen und ich wurde zur Koranschule geschickt. Passend dazu hatte ich Kommunionunterricht und war später Ministrantin in der Kirche. Ich war die merkwürdigste Zehnjährige die ich jemals gesehen hatte. Unter der Woche lebte ich das Leben eines bayerischen, katholischen Mädchens vom Land und an den Wochenenden war ich die tunesische Muslima in einer größeren Stadt und ging zur Koranschule. Rückblickend betrachtet wundere ich mich tatsächlich, dass ich nicht noch viel verrückter bin als es ohnehin schon der Fall ist. Ich war mir damals noch nicht darüber im Klaren, dass mein Vater eine Psychomutation durchlebt hatte, mir war jedoch bewusst, dass seine religiösen Ansichten zunehmend radikaler wurden.

Dann kam der 11. September 2001. Ich war an diesem Tag bei meinem Vater zu Besuch. Er lebte seit der Hochzeit in einem Sozial Wohnblock am Rande einer größeren Stadt etwa eines Stunde vom Wohnort meiner Mutter entfernt. Dort lebten fast ausschließlich einkommensschwache, bildungsferne Familien mit Migrationshintergrund. Salua hatte mich mit meinen Geschwistern auf den Spielplatz vor dem Wohnblock geschickt, damit sie in Ruhe

kochen und putzen konnte. Als wir zurück in die
Wohnung gingen fand ich sie und meinen Vater vor
dem Fernseher. Sie lachten und klatschten. Die
Nachrichten zeigten den Einsturz der Twin Towers.
Ich verstand damals nicht wirklich, was dies alles zu
bedeuten hatte. Mein Vater hatte in den
darauffolgenden Wochen jedoch vermehrt
Gespräche mit mir geführt, dass den Amerikanern
nun ihre gerechte Strafe zu Teil geworden wäre.
Auch in der Koranschule sprachen wir darüber. Im
Grundschulunterricht hingegen lernte ich, dass die
arabischen Terroristen aus dem Nahen Osten die
Übeltäter waren. Diese Meinung vertraten auch
meine Großeltern.

Ich fühlte mich immer merkwürdiger. Je mehr ich
versuchte diese beiden Welten, die Sichtweisen aller
Menschen in meinem Umfeld zu vereinen, desto
komischer wurde alles. Schließlich hörte ich auf zu
ministrieren, dies war einfacher denn ich hätte mich
niemals getraut meinem Vater zu sagen ich wolle
nicht mehr zur Koranschule gehen. Schon damals
lernte ich, dass für die meisten Menschen Religion
lediglich ein Mittel zum Zweck war. Das gefiel mir
nicht. Ich wollte weder an Gott noch an Allah
glauben. Der einzige Ort, an dem ich mich gut fühlte
waren die Fantasiewelten aus meinen Büchern und

so las ich fast ausschließlich. Wenn ich nicht las,
dann lernte ich. Meine Noten waren sehr gut und
meine Großeltern somit sehr stolz auf mich. Die
ganze Nachbarschaft wusste Bescheid, dass ich ein
so intelligentes Kind war „Trotz diesem Esel von
Vater" wie meine Oma stets zu sagen pflegte. Ich
hielt sie und meine Mutter mit guten Noten bei
Laune und meinen Vater indem ich in der
Koranschule aufmerksam zuhörte. Nachts lag ich
schon damals oft wach und überlegte, wie ich es
schaffen könnte die Dinge, die ich dort zu hören
bekam nicht in mich eindringen zu lassen. Ich wollte
keine Muslima sein. Ich wollte kein Kopftuch tragen.
Der Islam erschien mir viel eher ein Mittel der
Unterdrückung zu sein als eine Religion. Ich hielt es
nicht mehr aus. Rebellion. Als ich zwölf Jahre alt war
sagte ich meinem Vater, ich sei nicht mehr bereit in
die Koranschule zu gehen und ich würde auch
niemals mehr in meinem Leben ein Kopftuch tragen.
Ich erklärte ihm, für mich sei das Christentum die
wahre Religion und Jesus Christus sei der einzige, zu
dem ich jemals wieder beten würde. An diesem Tag
schlug mein Vater so lange auf mich ein, bis Salua
dazwischen ging. Das tat sie sonst nie. Er wurde
darüber so wütend, dass er den Spiegel im
Eingangsbereich von der Wand riss und ihr über den

Kopf schlug. Tausende kleine Splitter lagen auf dem Boden verteilt. Salua schrie. Blut lief ihr übers Gesicht. Meine Geschwister schrien. Die Nachbarn riefen die Polizei. Mein Vater wurde dazu verpflichtet, eine Therapie zu machen. Ich blieb aus Protest „katholisch". Heute sehe ich auch dies glücklicherweise anders.

Je älter ich wurde, umso mehr Spaß hatte ich daran, meinen Vater zu provozieren. Seine Schläge machten mir nicht mehr genug aus als dass ich aus Angst davor damit aufgehört hätte und so begann ich damit mir für jeden Besuch bei ihm einen neuen „Streich" auszudenken. Ich trug große, auffällige Ohrringe, färbte mir die Haare blond, zog kurze Röcke und weit ausgeschnittene Oberteile an. Für manch einen mag diese Form der Rebellion lächerlich klingen jedoch war es genau diese, die meinen Vater zur Weißglut trieb. Im Oktober 2005, ich war fast 15 Jahre alt, flog mein Vater mit mir nach Tunesien. Sein Plan war es, mich zu verheiraten. Er dachte ich würde es nicht bemerken. Die gesamte Woche verbrachte ich dort im Haus meiner Tante. Mein Cousin Hassen schlich um mich herum wie ein Puma um seine Beute. Auf der Rückfahrt schrie ich meinen Vater an. Er schlug mich nicht. Ich stieg aus seinem Auto aus, nahm meine

Reisetasche aus dem Kofferraum und begann einen
Plan zu schmieden.

Auch im Leben mit meiner Mutter hatte sich einiges
getan. Wir waren aus dem kleinen Dorf weg, in eine
Doppelhaushälfte neben meine Großeltern gezogen.
Ich ging auf die Realschule – nachdem meine Mutter
und meine Großeltern von mir erwartet hatten, ein
Gymnasium zu besuchen, hatte ich mich natürlich
strikt geweigert. Ich fuhr jeden Tag mit dem Bus 20
Kilometer zur Schule. Nachmittags blieb ich dort,
chillte mit Freunden am Bahnhof, trank Alkohol,
rauchte Gras und fuhr erst mit dem letzten Bus nach
Hause. In der Schule bereitete ich keine Probleme,
meine Noten waren durchwegs gut und die Lehrer
mochten mich. Mein Musiklehrer förderte mein
Gesangstalent und sagte meiner Mutter bei einem
Gespräch sogar ins Gesicht, dass es ihm sehr leid
täte, dass sie sich so wenig für mich interessierte.
Meine Eltern sprachen seit ihrer Scheidung kein
Wort mehr miteinander und so wusste keiner vom
anderen, welche Probleme ich dem jeweiligen
bereitete. Meine Mutter war zunehmend
überfordert mit mir und schlug mir bei jeder sich
bietenden Gelegenheit ins Gesicht. Über die Jahre

hinweg war ich jedoch so abgestumpft, dass mir dies scheißegal geworden war. Ich tat was ich wollte. Die einzigen Menschen, die ich respektierte, waren meine Großeltern und meine Lehrer. Im Schulchor lernte ich dann Severin kennen. Er war groß, schlaksig, konnte Gitarre spielen, singen und am aller Wichtigsten, Shakespeare zitieren. Wir gingen ein halbes Jahr miteinander. Seine Eltern waren Anwälte und hatten eine große Villa. Als ich nicht mit zur Chorfreizeit hätte fahren können, weil meine Mutter kein Geld dafür hatte, bezahlten sie mir diese. Severin und ich verbrachten die drei Tage in der Jugendherberge entweder im Musiksaal und übten für den Auftritt am Ende des Schuljahres oder verkrochen uns in irgendeine Ecke um rumzumachen. Er wollte mit mir schlafen. Ich nicht mit ihm. Ich erklärte ihm, dass mir mein Vater schon immer erklärt hatte, dass Sex vor der Ehe die größte aller Sünden wäre und ich noch ein wenig Zeit bräuchte um diesen Worten keine Bedeutung mehr zu schenken. Wenige Stunden später machte Severin mir einen Heiratsantrag. Hinter der Jugendherberge. Mit einem Herz aus Teelichtern und einer roten Rose. Ich machte nicht gleich Schluss mit ihm. Ich sagte sogar ja. Ich wollte ihn nicht kränken. Nach einigen Tagen beendete ich es.

Severin war nicht einmal richtig böse auf mich. Er war so lieb, so einfühlsam. Er hielt mich für jemand ganz besonderen und behandelte mich immer gut. Das konnte ich nicht ertragen.

Meine Mutter hatte ein recht aufregendes Liebesleben. Sie wechselte passend zu ihrem jeweiligen Freund ihr Aussehen und ihren Lifestyle. Gothik. Heavy Metal. Reggae. Schließlich fand sie ihre große Liebe. Einen zehn Jahre jüngeren Nigerianer aus dem Flüchtlingsheim. Kennan. Er war ein richtiges Arschloch. Meine Mutter war blind vor Liebe – sie wollte sogar ein Kind von ihm. Blöd, dass er bereits ein Baby und eine Frau dazu hatte. Meine Großeltern tolerierten die Beziehung der beiden nicht und so beschloss meine Mutter kurzfristig, dass wir umziehen würden. Sie zog mit mir und meinem Bruder in die etwa zwanzig Minuten vom Dorf meiner Großeltern entfernte Kleinstadt, in der ich noch heute lebe. Damals, war ich in der neunten Klasse. Ich musste die Schule wechseln. Von nun an besuchte ich eine private Mädchenrealschule der Erzdiözese München-Freising. Als wir umzogen waren meine Mutter und Kennan bereits getrennt. Die Trennung von meinen Großeltern fiel mir schwer. Auch mein Bruder litt darunter denn anstatt die viele Zeit, während unsere Mutter arbeitete bei

unseren Großeltern zu verbringen, waren wir nun
überwiegend auf uns allein gestellt. Margarete
arbeitete oft bis spät in die Nacht und hatte
zusätzlich Nachtdienste. Sie hatte die
Erzieherausbildung berufsbegleitend abgelegt und
leitete mittlerweile ein Wohnheim für geistig
behinderte Erwachsene. Ich respektiere ihren
beruflichen Ehrgeiz bis heute, bin jedoch davon
überzeugt, dass dieser gepaart mit dem erneuten
Umzug meinem Bruder und mir eher Nachteile
brachte. Außerdem war ich nun ihrer Wut und
ihrem Neid auf mich, die bis dahin noch zum Teil von
meinen Großeltern entschärft wurden, völlig
ausgeliefert.

Ich rebellierte also immer wieder gegen meinen
Vater und seine Anforderungen an mich und
versuchte es meiner Mutter irgendwie recht zu
machen. Ich wollte Anerkennung. Liebe. Es war ein
Teufelskreis. Mein Leben gefiel mir nicht wirklich.
Ich fuhr immer seltener zu meinem Vater, fand
kaum Anschluss in der neuen Stadt. Mir fehlten
meine Freunde aus der alten Schule. Ich war viel
allein. Wenige Wochen nach unserem Umzug lernte
meine Mutter wieder einen neuen Mann kennen.
Wieder war es ein Afrikaner. Abass. Aus dem
Senegal. Moslem. Er lebte jedoch schon 10 Jahre in

Deutschland, war geschieden und hatte zwei kleine
Söhne. Innerhalb nur weniger Wochen räumte
meine Mutter ihm unglaublich viel Platz in unser
aller Leben ein. Er begann sofort, die Vaterrolle für
mich und meinen Bruder zu übernehmen. Während
Yassir dies scheinbar genoss, fühlte ich mich nur
noch mehr eingeschränkt. Nun gab es noch
jemanden, auf den ich achten musste. Meine Mum
zwang uns den Lebensstil ihres aktuellen Freundes
zum wiederholten Mal auf. Sie kochte nur noch
afrikanisches Essen, trug sogar afrikanische
Kleidung, las afrikanische Bücher und im Radio lief
nur noch seichter Reggae. Sie wies mich an, Abass zu
respektieren und ich fühlte mich zu Hause immer
unwohler. Meine schulischen Leistungen fielen
drastisch ab. Ich schwänzte nun regelmäßig die
Schule. Als meine Mutter dies herausfand, schlug sie
mir vor ihrem Freund, mit voller Wucht, ins Gesicht.
Ich wusste, dass mein Leben, wenn ich nicht bald
etwas ändern würde, nicht gut ausgehen würde.
Und so, schmiedete ich nach und nach einen Plan.

8. Mai 2017

*Es ist halb drei Uhr morgens. Ich dachte, Jean und ich
hätten unsere Differenzen geklärt. Noch wohnen wir*

zusammen. Bis heute war unser Verhältnis aufgrund der zurückliegenden Ereignisse kühl und distanziert aber um unserer Kinder Willen respektvoll. Heute Nacht hat er mich behandelt, wie seine Putzfrau, sein Kindermädchen. Ich habe alle seine Sachen in seinem Schlafzimmer auf einen großen Haufen geworfen. Er kam weit nach Mitternacht von einem Date wieder, stürmte hoch aggressiv in die Wohnung, fotografierte den Haufen im Schlafzimmer und brüllte mich an, er würde mich vor Gericht zerren. Nun sitze ich hier und weine. Ich habe Angst. Natürlich weiß ich, dass er mir nur droht, weil er ganz genau weiß, dass er mich damit unter Druck setzen kann. Leider hat er wohl noch immer diese Macht über mich. Welch eine Illusion zu denken, ich sei nun frei. Was mir tatsächlich mehr zu schaffen macht als mir bisher bewusst war ist, dass ich ganz alleine bin. Es gibt niemanden auf dieser Welt, den ich anrufen könnte. Niemanden, der zu mir kommen würde. Ich bin allein. Mit meinen zwei Kindern. Ich muss so unglaublich stark sein für sie. All diese Umstände kosten mich so viel Kraft. Ich will eine gute Mutter sein, will nicht die gleichen Fehler begehen, wie meine Eltern. Meine Kinder sollen sich zu jeder Zeit angenommen, geliebt und wertgeschätzt fühlen. Ich möchte sie zu starken, unabhängigen Menschen erziehen und ihnen lernen, dass sie niemals Angst haben müssen, mich zu enttäuschen oder meiner Erwartung nicht gerecht zu werden. Ich wünsche mir so viel für die beiden. Jetzt sitze ich hier, versuche Jean auf seinem Handy zu erreichen und weine. Ich liebe unsere beiden Kinder über alles, sie sind meine Herzen, die Liebe meines Lebens aber manchmal in Momenten wie diesen, wünsche ich mir, ich hätte Jean niemals kennengelernt.

Es war im Januar 2007. Meine Noten wurden immer schlechter, vor Allem in Mathe und Französisch. Meine Mutter fand über einen Bekannten ihres neuen Freundes einen Nachhilfelehrer für mich. Jean. Er war aus Kamerun, erst wenige Monate in Deutschland, wollte hier studieren. Ich war 16 – er 23. Die Situation mit der neuen Schule, meinen Eltern, dem Freund meiner Mutter wurde immer schlimmer und Jean gab mir den Halt, den ich benötigte. Im Nachhinein ist mir natürlich klar, dass er mich manipuliert hat. Er wusste, wie er mit mir umzugehen hatte. Wenn mich jemand jetzt fragen würde, auf welchen Typ Mann ich stehe, so müsste ich wohl oder übel zugeben, dass mich Menschen mit ganz bestimmten Merkmalen in ihrer Persönlichkeit leider anziehen, wie Motten das Licht.

My heart is wrapped in fresh foil
So that it does not rot
Smells a little decayed and dying
At least it cannot break anymore
As if it was not clear before
The fact was, however, a surprise
Maybe I'll stop being nice

Can I forgive when it was so cruel
Even if I never forget
I could do it, would not be this one thing
The one that made the crime just perfect

I bow to your lies
They came from inside
How foolish I was
Well there was no cause
Magnolia trees do not lie
You ain't that pretty inside

To love yourself way too much is no stylistic device
Even if you had to experience a lot
Good people prefer to think twice
Before doing things that cannot be undone
Maybe you already know that it was wrong
Or maybe you think the mistake was mine

Is there any difference at all

Can I forgive when it was so cruel
Even if you never forget
I could do it, would not be this one thing
The one that made it just perfect

I bow to your lies
They came from inside
How foolish I was
Well there was no cause
Magnolia trees do not lie
You ain´t that pretty inside

There are different roads to walk astray
Well I´m not ashamed of my own way
I walked beside, you were walking behind
Prepared with your drawn knife

Dieser Text entstand, während ich überlegte, was all
die Menschen, die mich verletzt haben, von denen
ich mich verletzen ließ, gemeinsam haben könnten.
Dann ging mir ein Licht auf.

Narziss und Echo

Narziss ist der schöne Sohn des Flussgottes Kephisos und der Leirope. Aufgrund seiner Schönheit wird Narziss von Männern wie Frauen umworben, die er allesamt verschmäht und grob abweist. Narziss wird wegen dieses Verhaltens von der Göttin Nemesis mit unstillbarer Selbstliebe bestraft. Da er niemand anderen zu lieben fähig sein scheint, darf er nur mehr sich selbst lieben. Auch die Bergnymphe Echo verliebt sich in Narziss. Sie hatte zuvor im Auftrag von Zeus dessen Frau Hera mit Geschichten abgelenkt, um für Zeus Zeit zu erwirken, sich sexuellen Ausschweifungen hingeben zu können. Hera bestraft sie dafür, indem sie ihr die Sprache raubt und dazu verdammt, nur die letzten Worte, die an sie gerichtet werden, wiederholen zu können. Echo folgte Narziss, als dieser durch den Wald streift. Unfähig ihm seine Liebe zu gestehen, wird auch sie von ihm abgewiesen.

Als Narziss sich eines Tages zum Trinken über einen Teich lehnt, nimmt er seine Spiegelung wahr und verliebt sich in sein Spiegelbild, ohne erkennen zu können, dass er es selbst ist, den er sieht. So tief ist seine Liebe und so groß ist die Verzweiflung darüber, dass der „Geliebte" keine Antwort gibt, dass Narziss Tag und Nacht am Teich verbringt. Er ertrinkt im Versuch, das geliebte Wesen im Teich zum umarmen. An der Stelle, an der er zuvor gesessen hatte, wächst eine Narzisse.

Narziss liebt nicht sich selbst - es ist keine Liebe, die aus einem Selbstwertgefühl geboren ist. Er liebt das Bild, das er von sich hat. Er ist unfähig eine Verbindung zwischen seinem Selbst und einem Bild herzustellen.

Ich bin die Tochter zweier narzisstisch geprägter Eltern. Vor allem meine Mutter hat maßgeblich zu meinen heutigen Problemen beigetragen. Ich war ihr Sündenbock, mein Bruder ihr goldenes Kind. Heute weiß ich, dass meine Mutter mich missbraucht hat. Diese Art von Missbrauch bezeichnet man als Gaslighting. Sie ist eine Form von psychologischem Missbrauch, bei der der Täter seinem Opfer falsche Informationen gibt, so dass dieses die eigene Wahrnehmung in Frage stellt. Es ist eine der heimtückischsten und gemeinsten Formen emotionalen Missbrauchs.

Es trieb mich förmlich in den Wahnsinn. Meine eigene Wahrnehmung wurde ständig von meiner Mutter abgestritten und in Frage gestellt. Ich konnte nie Vertrauen zu mir selbst und meinen Fähigkeiten aufbauen. Meine Mutter wendete diese Taktik auf verschiedenste Art und Weise an. Sie redete mir ein, was ich fühlte und dachte, erklärte mir, wie andere Menschen mich wahrnehmen würden. Bereits im Kindergartenalter nannte sie mich arrogant und überheblich. Sie kritisierte meine Mimik und Gestik. Oft warf sie mir Dinge vor, von denen ich eigentlich wusste, dass ich sie nicht getan hatte und redete so lange auf mich ein, bis ich dachte, ich könne mich nicht mehr daran erinnern. Es war immer alles meine Schuld. Jeder Streit ging ihrer Meinung nach von mir aus. Sie legte mir Worte in den Mund. Mein Verhalten erschien ihr niemals angemessen. Stets unangebracht. Ich war immer zu laut, zu leise, peinlich. Sie stritt ihre Taten stets ab – tut dies auch heute noch. Jedes Mal, wenn ich sie auf ihr Fehlverhalten angesprochen habe, fand sie die Schuld bei mir und setzte mich mit passiv aggressiven Aussagen so lange unter Druck, bis ich mich schließlich bei ihr entschuldigte. Wenn ich ihr half oder ihr Geschenke machte, tat sie dies als Selbstverständlichkeit ab oder verleugnete es gar. Am schlimmsten war tatsächlich auch, dass sie mir einredete ich sei in bestimmten Bereichen dumm, talentlos und mich nicht förderte. Gaslighting war in meinem Fall besonders wirksam. Meine Mutter setzte es stets ein, um der Entdeckung ihres Missbrauchs zu entgehen. Während sie mich an meiner eigener Wahrnehmung zweifeln ließ, indem sie Kommentare wie „Wir wissen ja beide, dass du immer überempfindlich reagierst!" oder „Hast du aber eine lebhafte Fantasie!" fallen ließ, nutzte sie diese Methode gezielt gegenüber außenstehenden Personen. Sie konstruierte Verleumdungen und Geschichten, die sie anderen erzählen konnte, noch bevor ich die Möglichkeit hatte, von ihrem Missbrauch zu berichten. Meine Glaubwürdigkeit wurde dadurch massiv reduziert, und allzu oft erfuhr ich Reaktionen wie: „Ach, das hat mir deine Mutter schon erzählt." Meine gesamte Familie hielt und hält mich bis heute für nicht normal. Erzählte ich meiner Mutter von unfairer Behandlung, Mobbing oder Schikane in der Schule, so fand sie schnell eine „rationale" Erklärung. Sie redete mir jahrelang ein, ich hätte eine psychische Störung, sei psychotisch, schizophren oder gar gefährlich. Meine Mutter agierte oft grenzüberschreitend und versuchte ihre Rolle als aufopfernde Mutter vor Menschen in unserer Umgebung zu zelebrieren. Jeder in unserem Umfeld hatte bereits von den „Problemen" der schwierigen, merkwürdigen Tochter und der „hilflosen Verzweiflung" der aufopfernden Mutter gehört. Sie hat mich seelisch auf übelste Weise missbraucht und auch mein Vater stand ihr in nichts nach. Diese beiden Menschen hätten mich lieben und beschützen sollen. Tragische, waren sie doch stets die größte Gefahr in meinem Leben. Ich gab bisher nur immer mir die Schuld. Natürlich. Dazu wurde ich erzogen.

Ich habe bis heute große Schwierigkeiten, auf mich Acht zu geben und mich um mich selbst zu kümmern. Dies zieht sich über ganze Lebensbereiche hinweg, von Hygiene, bis Schlaf, Nahrungsaufnahme, Entspannung, Luxusgüter, die Wahl von Beziehungen. Ich wasche mein Gesicht und meinen Körper zum Teil so oft, dass meine Haut

vor Trockenheit schmerzt. Meine Schlafstörungen
ziehen sich schon über Jahre hinweg. Ich esse
entweder viel zu wenig oder viel zu viel.
Entspannung ist mir unheimlich. Wenn ich mal
kaufe, dann so, dass es nicht zu meinen Finanzen
passt. Meine Beziehungen sind stets davon geprägt,
dass ich die Gebende bin und mir zum Teil alles
genommen wurde.

Ich habe mich nie als "wertvoll" genug empfunden,
um Liebe, Unterstützung und Aufmerksamkeit von
meinen Eltern oder anderen Menschen erfahren zu
haben. Es fällt mir unendlich schwer, mir selbst
etwas Gutes zu tun oder mich für "wertig" genug zu
halten, Zeit und Aufmerksamkeit für mich selbst zu
verwenden.
Ich musste mich stets um meine Eltern kümmern.
Unsere Rollen waren vertauscht. Als Kind stand ich
immer an zweiter Stelle und habe nie die Art von
Aufmerksamkeit, Hilfe und Vorbild zu sehen
bekommen, die in einer gesunden Familie die Regel
ist.

Mir etwas zu gönnen, ist schwierig für mich. Wenn
ich es dann aber tue, schlägt es in das Gegenteil um
und ich verfalle einem verschwenderischen Rausch.
Dies ist dann mein armseliger, verzweifelter
Versuch, meine innere Lehre mit Gegenständen und
Rauschmitteln zu füllen. Am Ende schäme ich mich
lediglich dafür und fühle mich schuldig. Ich leide

schon immer unter Essstörungen. Als Kind und nach meiner ersten Schwangerschaft wurde Essen für mich zur Ersatzhandlung, die mir Kontrolle, Macht und Trost liefern konnte. Als Jugendliche und nach meiner zweiten Schwangerschaft hungerte ich um schlank und schön zu sein. Ich habe von jeher Schwierigkeiten, einen gesunden Schlafrhythmus einzuhalten, mir Zeit für Entspannung zu nehmen oder nicht zu viel zu arbeiten. Ich begann damit, mich umfassender mit dieser Thematik zu beschäftigen und fand folgenden Artikel über Narzissmus:

Narzissten sind auf sich selbst bezogene Menschen, die andere vernachlässigen, egoistische und egozentrische Wesensmerkmale zeigen. Der Eigennutz geht ihnen vor Gemeinwohl und wenn sie lieben, dann nur, um selber geliebt zu werden. Narzissmus bedeutet aber wesentlich mehr als eine schlichte Selbstliebe, Narzissmus ist eine innere Bezogenheit auf das Selbst, um ein inneres Gleichgewicht, Wohlbehagen und Selbstsicherheit aufrechtzuerhalten. Narzissmus ist daher nicht zwangsläufig abnorm oder krankhaft. Man unterscheidet positiven und negativen Narzissmus: "Positiver Narzissmus" meint eine positive Einstellung zu sich selbst, die ein stabiles Selbstwertgefühl bewirkt und erhält. Ein "positiver" Narzissmus äußert sich in einer positiven Einstellung zu sich selbst, d. h. dass diese Menschen ein stabiles Selbstwertgefühl haben, das auch erhalten bleibt, wenn es Rückschläge gibt. Positiv narzisstische Menschen ruhen in sich selbst, strahlen Wärme aus und sind anderen zugewandt. Positiver Narzissmus ist gesunder Bestandteil einer harmonischen Persönlichkeit. Siehe auch Selbstliebe und auf der Seite. "Negativer Narzissmus" basiert hingegen auf mangelndem Selbstwertgefühl, der auf einer Säugling-Elternteil-Beziehung beruht, die dem Kind nicht genügend Einfühlungsvermögen und Bestätigung entgegenbrachte. Ein ausgeprägter oder "negativer" Narzissmus bedeutet, dass diese Menschen vorwiegend sich selbst zugewandt sind, ein eher passives Liebesbedürfnis haben und "lieben, nur um geliebt zu werden". Eine Beziehung mit einem Narzissten ist geprägt vom Geben des Partners und Nehmen des Narzissten. Ein Gleichgewicht mit abwechselndem Geben und Nehmen gibt es nicht. Narzissten sind kaum oder gar nicht zu Empathie fähig (Mitgefühl mit anderen). Sie haben (fast) kein Selbstwertgefühl und sind auf ständige Bestätigung von außen angewiesen. Bleibt diese aus, kommt es zu erheblichen Problemen. Oft neigen negativ narzisstische Menschen auch dazu, andere abzuwerten, um das eigene Ego aufzuwerten. Die pathologische Form ist die Narzisstische Persönlichkeitsstörung, die gekennzeichnet ist durch ein grandioses Gefühl eigener Wichtigkeit, Fantasien über grenzenlosen

Erfolg und Macht, Glaube an eigene Besonderheit, Verlangen nach übermäßiger Bewunderung, übertriebenes Anspruchsdenken, ausbeuterische Beziehungen, Empathie Mangel, Neid, Arroganz. Zentrales Symptom ist ein labiles Selbstwertgefühl, häufig verbunden mit dem Gefühl von Leere und die Unfähigkeit, Gefühle, insbesondere Freude, zu empfinden. Als weitere Phänomene finden sich häufig eine erhöhte Verletzbarkeit und Kränkbarkeit sowie eine egozentrische Einstellung. Die charakteristische Haltung der vom Narzissmus Betroffenen ist eine Unbezogenheit anderen Menschen gegenüber, die als Egoismus und Arroganz in Erscheinung tritt. Ehrgeiz und übersteigerte Ansprüche an sich selbst führen häufig zu einem Erschöpfungssyndrom. Hier werden jedoch häufig nicht die eigenen Anteile gesehen, sondern äußere Ursachen wie Arbeitsumstände, der Vorgesetzte etc. verantwortlich gemacht. Die depressiven Verstimmungen wirken flach bis oberflächlich, die dabei bestehende Antriebs- und Schwunglosigkeit wird von den Betroffenen jedoch als sehr belastend erlebt. Auf der körperlichen Ebene finden sich Schlafstörungen, Kopfschmerzen, funktionelle Herzbeschwerden und Sexualstörungen. In näheren Kontakten können die Betroffenen durchaus sehr lebendig, charmant und bestrickend wirken. Insbesondere, wenn sie etwas erreichen wollen, können sie sehr manipulativ auftreten. Häufig präsentieren sie sich jedoch auch emotional kühl, arrogant und verletzend.

Quelle: http://arbeitsblaetter.stangl-taller.at/KOGNITIVEENTWICKLUNG/Narzissmus.shtml
© [Werner Stangl]s Arbeitsblätter

Während ich diesen Artikel las, erschienen mir die Strukturen immer klarer. Mir wurde übel. Ich musste mich übergeben. Noch nie zuvor hatte ich mich so sehr vor mir selbst geschämt. Ich wusch meinen Mund aus, schrubbte mein Gesicht und meine Hände. Mich überkam ein unbändiger Ekel. Wer war ich? Wie konnte ich all die Jahre zulassen, dass diese Strukturen aufrecht erhalten werden. Was für eine armselige und bemitleidenswerte Kreatur stellte ich dar? Ich stellte mich vor meinen Schlafzimmerspiegel. Nackt. Ich blieb die halbe Nacht lang davor stehen und betrachtete mich. Ich blieb so lange stehen, bis ich mich sehen konnte. Wirklich sehen.

Aus meinem Tagebuch vom 10. Mai 2017

Meine Persönlichkeit spiegelt in weiten Teilen das Gegenteil eines Narzissten wieder. Ich bin emphatischer als die meisten anderen Menschen.

Mir fällt es schon immer leicht, andere einzuschätzen und mich in ihre Lage hineinzuversetzen. Dies ging zum Teil so weit, dass ich fühlen konnte, was jemand anderes fühlte. Ich kümmere mich gerne um andere und möchte, dass sie sich bei mir wohlfühlen. Jahrelang habe ich, ohne mir dessen bewusst zu sein, förmlich danach geschrien, wieder und wieder in die Rolle der Schuldigen oder Problematischen gedrängt zu werden. Ich war stets das ideale Opfer für Mobbing in der Schule und am Arbeitsplatz. Wieder und wieder fragte ich mich, was ich falsch machte und womit ich dies verdient hatte, ohne zu erkennen, dass dies alles eine Folge der jahrelangen Prägung durch meine Eltern war. Ich bin eine Meisterin darin, die Emotionen anderer sofort und korrekt lesen zu können. Als Kind war ich jedoch darauf angewiesen, mich auf die kleinsten Veränderungen im Gesicht oder der Stimme meiner Mutter und meines Vaters einzustellen. Ich bin anderen gegenüber ausgesprochen empathisch, und versuche, es jedem anderen Recht zu machen. Mir selbst gegenüber bin ich alles andere als mitfühlend. Allzu häufig stelle ich meine eigenen Bedürfnisse in den Hintergrund, um Harmonie zu bewahren. Ich habe große Angst angegriffen, verletzt oder verlassen zu werden. Ich bin eigentlich überdurchschnittlich tolerant

*gegenüber extremen Gefühlsschwankungen und –
Ausbrüchen anderer. Ich versuche meist, die
Beziehung zu meinen Eltern in Freundschaften und
Partnerschaften, zu verstehen und zu lösen. Ich
suche das, was ich kenne. Das einzige was ich kenne.
Ich suche die Situationen, die ich als Kind "geübt"
habe und in denen ich mich sicher fühlen kann. Die
Reaktionen der anderen sind nicht selten
kompensatorisch oder distanzschaffend und für mich
nicht unbedingt angenehm oder positiv. Sie geben
mir jedoch eine Form von Sicherheit und Stärke. Ich
kenne die Situation und habe sie "geübt", meine
Reaktion – wenn auch diese oft nicht wirklich
angenehm ist - ist vertraut, stabil und verlässlich. Ich
finde mich immer und immer wieder in Beziehungen
mit Narzissten wieder. Ich bin so naiv. Ich denke
immerzu: „Vielleicht finde ich ja bei diesem
Menschen die Lösung, wie ich nicht nur ihn, sondern
auch meine Eltern erreichen kann". Ich bin es
gewohnt zu lieben, ohne zurückgeliebt zu werden.
Ich nehme an, dass ich es verdient habe, schlecht
behandelt zu werden und dass der Fehler bei mir
liegt. Ich bin das ideale Opfer für jeden Narzissten
und werde auch nur als solches wahrgenommen.
Die Wahrscheinlichkeit, dass ich eine Beziehung oder
Freundschaft mit einem narzisstisch geprägten*

Menschen entstehen lasse, ist erschreckend hoch. In meinen Beziehungen mit narzisstisch geprägten Partnern habe ich meine stetige Angst, die Angst vor dem Verlassen, nicht gut genug zu sein und den Wunsch, es allen Recht zu machen, aufs Äußerste ausnutzen lassen. Mein Verlangen, endlich geliebt zu werden und all das zu bekommen, was mir in meiner Kindheit gefehlt hat - Vertrauen, Unterstützung, Wertschätzung, Bestärkung, Nähe, Empathie – ist für mich leider eine zu starke Antriebskraft, einen Menschen zu suchen, der dies bieten kann. Paradoxerweise bemerke ich jedoch auch, dass mein Wesen durchaus narzisstische Züge haben kann. Wenn es mir schlecht geht neige ich dazu, mich unglaublich viel mit mir selbst zu beschäftigt und fange an, mich mit anderen zu vergleichen. Ich fühle mich dann oft leer und verzweifelt und sehne mich so sehr nach dem, was ich nicht haben kann. Ich habe Momente in denen ich glaube, es nicht verdient zu haben, geliebt zu werden, und nicht gut genug zu sein. Früher habe ich mich in diesen Phasen emotional zurückgezogen, wurde leistungsorientierter und definierte mich über meine Noten, meinen Erfolg. Heute ist das glücklicherweise nicht mehr so.

Während ich diesen Tagebucheintrag verfasste, überlegte ich ständig, ob ich ihn nicht besser komplett in der Vergangenheit schreiben sollte. Die Antwort ist ein klares Nein. Mir sind all diese Dinge nun bewusst geworden, ich sehe mich so wie noch nie zuvor und nun beginnt der Teil, der mühsam wird und kräftezehrend. Ich muss diese Strukturen durchbrechen. Ich darf nicht zulassen, dass ich weiterhin nach Menschen und Beziehungen suche mit und in welchen ich dieses abartige Muster weiterhin zelebrieren kann. So will ich nicht mehr sein. So werde ich nicht mehr sein. Nie wieder. Ich bin wertvoll. Ich habe Liebe verdient. Ich muss es nicht jedem Recht machen. Ich bin gut genug! Wie konnte ich all die Jahre nicht bemerken, dass ich niemanden auf der Welt hassen konnte außer mir selbst?

Ich war in der Rolle des Sündenbocks aufwachsen, machte schon früh die Erfahrung, dass nichts, was ich tat, gut genug zu sein schien. Die manchmal subtilen, manchmal direkten Botschaften meiner Mutter, dass ich nicht gut genug sei, führten anfangs dazu dass ich meine Minderwertigkeitsgefühle durch Leistung zu kompensieren versuchte. Ich hatte ausgezeichnete Noten, war freundlich, hilfsbereit, nahm mich stets zurück. Ich war mir dessen jedoch nicht bewusst und konnte mit Lob seitens meiner

Großeltern und Lehrer überhaupt nicht umgehen. Auch Freunde hatte ich kaum welche. Ich war davon überzeugt, meinen Erfolg oder auch Freunde nicht verdient zu haben und kam mir wie eine ekelhafte Betrügerin vor, die sich ihre Leistungen nicht erarbeitet, sondern erschlichen hat. Bis zum heutigen Tage war ich tatsächlich nie längerfristig glücklich, sondern dachte jedes Mal, dass beim nächsten Mal alles gut werden würde und ich endlich glücklich sein könnte. Es wurde immer schlimmer. Mit 24 litt ich bereits an Burnout, hatte massive Depression, Süchte und litt allgemein darunter, dass ich meine eigenen Bedürfnisse und Wünsche nicht äußern konnte.

Zwischendrin rebellierte ich auch hin und wieder. Selbstsabotage war hier mein Stichwort. Ich erkannte des Öfteren, dass ich es meiner Mutter niemals würde recht machen können und hatte somit unbewusst beschlossen, aufzugeben, etwas erreichen zu können, was mir in meiner Erfahrung doch nie gelingen würde So signalisierte ich unbewusst, dass es mir egal war, was andere von mir hielten. Meine Gefühle von Minderwertigkeit und mein mangelndes Selbstbewusstsein wurden durch verschiedene Süchte kombiniert mit exzessivem selbstzerstörerischem Verhalten unterdrückt. Ich verhalte mich bis heute sehr oft passiv, habe Träume, die ich gar nicht zu verwirklichen versuche, gebe allzu leicht auf, wenn sich mir ein Problem stellt und finde mich sehr häufig in selbstzerstörerischen Mustern wieder, die ich noch nicht zu durchbrechen fähig bin. Ich habe stets verzweifelt versucht, Anerkennung und Wertschätzung von außen zu erfahren, jedoch - und das teile ich wohl tatsächlich mit meiner narzisstischen Mutter - nie gelernt, Bestätigung, aus mir selbst zu schöpfen. Die fehlende Selbstliebe.

Ich wechselte je nach Alter immer wieder zwischen dem Muster der extremen Leistungsorientierung und dem der gnadenlosen Selbstsabotage und schaffe es auch heute noch nicht dieses ganz zu durchbrechen. Ich leide unter meiner Unfähigkeit, den eigenen Wert sehen zu können und diesen maßgeblich von Leistung abhängig zu machen. Dadurch, dass ich diese beiden Teile in mir trage, schwanke ich von einem zum anderen Extrem und habe Bereiche in meinem Leben die ausschließlich von meiner Selbstsabotage geprägt sind, während ich in anderen Bereichen hervorragende Leistungen erziele. Ich erkenne dies klar und deutlich und will damit aufhören. Ich will mich selbst annehmen und wertschätzen. Mich lieben können. Ich habe meinen Hass nicht verdient. Ich bin doch auch nur menschlich. Ich bin gut – so wie ich bin.

Er und ich – Ich und Er

Sehr lange habe ich überlegt, ob ich nun noch mehr aus meiner Kindheit aufschreiben sollte. Ob ich die Beziehung zu meinen Eltern und zu Jean noch klarer darstellen muss. Ich entschied mich dagegen. Aus dem einfachen Grund, dass meine Entwicklung hin zu der Person die ich sein werde fast ausschließlich mit ihm zusammen hängt. Er, an den der Brief ging. Er, der in meinen Tagebucheinträgen so viel Raum einnimmt. Er, der in diesem Buch so präsent ist, dass es manchmal scheint, als wäre es für ihn. Zu Beginn war es das auch. Ich schrieb vor Allem, weil ich mich von ihm verlassen fühlte und mich das Gefühl plagte, ich wäre unvollständig. Ich war davon überzeugt, alles falsch gemacht zu haben und seine Zurückweisung mehr als verdient zu haben. Nun ist es mir unglaublich wichtig, zu betonen, dass dies hier nicht für ihn ist. Es ist meine Geschichte. Mein Weg. Mein Erfolg. Die Geschehnisse der letzten Monate und Wochen sind zwar stark mit ihm verbunden, ohne ihn, wäre ich noch lange nicht an diesem Punkt meiner Entwicklung angelangt – sie sind jedoch nicht von ihm abhängig. Ich brauche ihn nicht. Ich liebe ihn irgendwie, ja aber ich brauche ihn nicht. Ich bin nicht die Echo, die verkümmert weil Narziss ihre Liebe nicht erwidert. So bin ich nicht. Nicht mehr.

Richard.

Er verkörperte all das, was einen Erfolgsmenschen ausmacht. Um sein Image zu pflegen, tat er er vieles. Er trug eine Maske. Hinter dieser war sein wahres Selbst kaum noch sichtbar sind. Er identifizierte sich teilweise sogar mit Menschen oder Projekten, zu denen er keinerlei oder nur eine geringe innere Beziehung hatte. Dies war seine geschickt inszenierte Täuschung. Sobald diese Menschen keinen Erfolg mehr versprachen, lies er sie fallen. So auch mich. In den raren Momenten, in welchen er sich selbst zu seinem Inneren bekannte war er wie quellfrisches Wasser – erfrischend und rein. Seine wahren Stärken wären jene eines wahrhaftigen Menschen gewesen. Er kann leistungsstark, leistungsorientiert, zielstrebig und erfolgreich sein. Sein Organisationstalent ist nahezu unübertreffbar und er kann mitreißend, inspirierend, selbstsicher und äußerst anpassungsfähig sein. Er ist ein bewundert und beliebter, attraktiver, vielseitig talentierter und sehr charmanter Mensch, ein Visionär. Leider kann er genau diese Gaben manipulativ einsetzen um skrupellos seine eigene Ziele zu verfolgen. „Ich komme mir aber gerade nicht grausam vor". Wie oft habe ich ihn das sagen hören. Seine größte Schwäche ist die, des Schauspielers. Sein Image ist ihm unglaublich wichtig. Er identifiziert sich mit Rollen, Titeln und Positionen. Seine eigenen Gefühle sind für ihn nicht mehr wirklich wahrnehmbar. Er kann sehr selbstgefällig sein und andere ausnutzen und für seine Zwecke missbrauchen. Richard hatte mir oft gesagt, wie erfrischend meine Gegenwart doch sei. Ich war eine nette Abwechslung mit der er sein Ziel herauszufinden, in wie weit er seine Gefühlslosigkeit beheben kann, erreichen konnte. Mehr nicht. Sein Verlangen nach Bewunderung war nahezu maßlos. Ebenso seine Eitelkeit. Sie äußerte sich vor Allem als Selbststilisierung. Genau diese Eitelkeit erschwerte ihm sein Leben durch die damit einhergehende Unnatürlichkeit und innere Leere. Er konnte dadurch weder zu sich selbst noch zu einem anderen Menschen stärkende Verbindungen aufrechterhalten. Was mir immer wieder auffiel war, wie genau er die Erwartungen anderer Menschen bestimmen konnte. Er wusste stets, welche Persönlichkeit gerade gefragt war und konnte in Sekundenschnelle wandelbar werden wie ein Chamäleon. Sein grundlegender Wesenszug schien überwiegend in der Darbietung des eigenen Selbst auf dem "Markt der Persönlichkeiten" zu liegen. Je nachdem, welche Eigenschaft gerade notwendig wurde um gewisse Ziele zu erreichen, konnte er diese annehmen und zelebrieren. Ich bin davon überzeugt, dass er in der Werbebranche unglaublichen Erfolg haben könnte. Erfolg in der Beziehung zu seinem wahrhaftigen ich, hatte er jedoch nicht. Seine Ichfixierung bemerkte ich jedoch nicht gleich zu Beginn unserer Verbindung.

Ich habe ihn einige Male als eine Art Seelenverwandten betrachtet. Rückblickend macht dies durchaus Sinn. Ich verfüge über einen ausgeprägten Sinn für Schönheit, Natur, Kunst und und Stil. Ich bin unglaublich sensibel, sehr leicht zu verletzen, intuitiv, phantasiereich, kreativ, gefühlsstark, offen, persönlich, künstlerisch veranlagt, emotional und wahrhaftig, authentisch. Mein Charakter spiegelt weitestgehend jene Eigenschaften wider, die ihm helfen können, sich selbst zu finden. Im Gegenzug konnte mir sein erfolgsstrebender Pragmatismus und sein Organisationstalent dazu verhelfen mir eine gesunde Disziplin anzueignen welche letztendlich nun in meiner neuen Ausgeglichenheit spürbar wird. Ich bin davon überzeugt, dass das Schicksal mich zu ihm geführt hat um meine Probleme endlich beheben zu können. Sein Wesen, welches meinem so fremd zu sein scheint hielt mir den dringend benötigten Spiegel vor Augen. Für diese Chance bin ich unendlich dankbar. Ich war davon überzeugt, unser Band sei stärker als seine Ichfixierung und bemerkte nicht, dass ich mich in der Annahme, ich würde ihm wirklich etwas bedeuten nur selbst betrog.

Es fällt mir wirklich schwer, Richard als Menschen mit narzisstisch geprägter Persönlichkeit zu bezeichnen. Der Begriff des Narzissten ist ohnehin umstritten und ich bin auch keine Psychologin. Er verfügt jedoch leider über sehr viele Eigenschaften, die einem Menschen mit negativ behaftetem Narzissmus zugeordnet werden können.

Der **DSM-IV** beschreibt einen Menschen mit narzisstischer Persönlichkeitsstörung als jemanden, der mindestens 5 bis 9 der folgenden Merkmale erfüllt:

1. *hat ein grandioses Verständnis der eigenen Wichtigkeit (übertreibt Leistungen und Talente, erwartet ohne entsprechende Leistungen zu erbringen, als überlegen anerkannt zu werden)*
2. *ist stark eingenommen von Fantasien grenzenlosen Erfolgs, Macht, Brillanz, Schönheit oder idealer Liebe*
3. *glaubt von sich "besonders" und einzigartig zu sein und nur von anderen besonderen oder hochgestellten Menschen (oder Institutionen) verstanden zu werden oder mit diesen verkehren zu müssen*
4. *benötigt exzessive Bewunderung*
5. *hat ein überhöhtes Anspruchsdenken, d.h. hat übertriebene Erwartungen auf eine besonders günstige Behandlung oder ein automatisches Eingehen auf die eigenen Erwartungen*

6. *ist in zwischenmenschlichen Beziehungen ausbeuterisch, d.h. nutzt andere Menschen aus, um die eigenen Ziele zu erreichen*
7. *zeigt einen Mangel an Empathie (Mitgefühl): ist nicht bereit, die Gefühle oder Bedürfnisse anderer zu erkennen bzw. anzuerkennen oder sich mit ihnen zu identifizieren*
8. *ist häufig neidisch auf andere oder glaubt andere seien neidisch auf ihn bzw. sie*
9. *zeigt arrogante, hochmütige Verhaltensweisen oder Ansichten*

Innerhalb unseres Verhältnisses hat er zu unterschiedlichen Zeiten immer mindestens fünf dieser Merkmale gezeigt oft sogar alle neun auf einmal. Einer der Gründe warum es mir schwerfällt ihm dies zu Lasten zu legen ist die Tatsachen, dass ich weiß, dass er sich dessen nur allzu bewusst ist. Ich denke, er weiß bereits lange, dass er starke, narzisstische Züge hat und kämpft immer wieder dagegen an. Bis jetzt leider mit nicht wirklich sichtbarem Erfolg. Die Tatsache, dass ich jedoch bemerkt habe, dass er sich immer wieder vor sich selbst ekelt und gegen sich ankämpft, ließ mich darauf schließen, dass er „geheilt" werden kann, sich selbst „heilen" wird. Aber dazu kommen wir später.

Er verkörperte also all das, was mir ohnehin schon bekannt war und zog mich an wie niemand zuvor. Zwischen uns entstand innerhalb kürzester Zeit eine Dynamik, die ich im Nachhinein noch immer als magisch bezeichnen würde. Wir waren wie zwei gegenteilige, sich anziehende Pole – in jeglicher Hinsicht. Schicksal. Synchronisation. Simultanität.

Und so ist unsere Geschichte unglaublich grausam und doch wunderbar zugleich. Wunderbar, weil sie mir geholfen hat, mich zu erkennen. Es ist eine Liebesgeschichte. Keine Klassische. Ja, es ist eine Geschichte über die Selbstliebe.

Wir lernten uns im Dezember 2016 zufällig kennen. Ich hatte für einen meiner Mitschüler, Martin, was zu Rauchen besorgt und als ich es ihm bringen wollte, sagte er mir, dass er gerade in meiner Straße bei seinem besten Freund wäre und ich mich doch zu ihnen gesellen solle. Ich zögerte kurz ging dann jedoch dorthin. Es war komisch für mich. Bisher hatte ich solche Einladungen immer abgelehnt. Ich bin nicht so gerne unter Menschen, vor Allem nicht unter fremden. An diesem Tag jedoch wollte ich mir selbst beweisen, dass ich einen Schritt vorwärts gehen konnte. Ohne zu wissen, dass dies wahrlich ein Schritt nach vorne sein würde, stieg ich die

Treppen hinauf in den vierten Stock und fand mich wieder in einer kleinen, skurril eingerichteten Dachgeschosswohnung mit etwa zehn fremden Menschen. Richard begrüßte mich gar überschwänglich und bot mir im fünf Minuten Takt etwas zu trinken an. Er gefiel mir auf Anhieb. Heute weiß ich, dass ich mich vermutlich in den ersten Minuten schon in ihn verliebt hatte. Ich dumme Gans. Es war Donnerstag, der 8. Dezember 2016. Ich glaube, ich werde mich ewig an dieses Datum erinnern. Wir rauchten einige Joints und ich wurde immer lockerer. So saß ich schließlich in dieser Wohnung, kannte niemanden so wirklich und plötzlich war ich mittendrin. Ich unterhielt mich angeregt mit verschiedenen Leuten an deren Namen ich mich gar nicht mehr wirklich erinnern kann. Er fand mich wohl ganz witzig und hörte mir aufmerksam zu. Später sagte er einmal spaßeshalber zu mir, er habe sich an diesem Abend in mich verliebt – in meine Art zu sprechen, Geschichten zu erzählen und in die Art und Weise, wie ich die Welt betrachten kann. Wenn ich an die schönen Dinge denke, die ich mit ihm erlebt habe und die er zu mir gesagt hat, so empfinde ich einen doch noch recht tief sitzenden Schmerz. Ich weiß, dass er nichts von dem, was er zu mir gesagt hat, wirklich so empfunden hat. Könnte ich wirklich hassen, so würde ich ihn dafür hassen. Dafür, dass er mein Wesen, mein Herz ausgenutzt hat und mich dann weggeworfen hat wie altes, benutztes Küchenpapier. Seine Antwort darauf wäre vermutlich: „Schade für dich, dass du das so siehst...". Ich habe ihn noch nie „Entschuldigung" sagen hören. Kein „Es tut mir Leid". Kein „Ich habe einen Fehler gemacht". Er übernimmt keine Verantwortung für seine Taten, für seine Fehler. Was er aber gesagt hat sind Dinge wie „Wir wissen ja beide, dass du in der Hinsicht empfindlich bist" oder „Ja, du bist ja auch eine Drama Queen" oder aber „Kannst du nicht ein einziges Mal einfach nur still sein – die Welt besteht nicht nur aus Psychoanalyse".

Ein Mal hat er mich seinen „Psychoanalytischen Engel" genannt, ein weiteres Mal sogar seine „Zweittherapeutin". Ich wollte nicht so genannt werden und habe ihm das auch einige Male gesagt. Er hat es dann als einfach nur so dahergeredeten Quatsch abgewertet. Ich glaube zuletzt hätte er mich wohl eher „Psychoanalytischen Teufel" genannt.

Idealisierung – Entwertung – Wegwerfen. Jetzt
denke ich, dass er mich damals einfach idealisiert
hat. Einige Wochen später, begann die Phase der
Entwertung. Er hatte erkannt, dass auch ich einfach
nur ein Mensch aus Fleisch und Blut war, mit
Ansprüchen, Wünschen und auch Fehlern. In dieser
Phase begann er damit, mich regelmäßig von sich
wegzustoßen. Wenn ich etwas Kritisches loswerden
wollte, musste ich ihn stets zuerst loben und
dann äußerst vorsichtig fortfahren, um mein
Anliegen zu verdeutlichen. Aber es blieb eine
Gratwanderung. Trat der leiseste Verdacht der Kritik
auf, sie war zuweilen tatsächlich berechtigt, so
begann er damit, meine Meinung zu demontieren
und wertete mich ab. Ich beging einige Male den
Kardinalsfehler, Kritik an seiner selbsteingeschätzten
Perfektion zu üben. Er nahm meiner Kritik die
vernichtende Kraft, indem er mich einfach
abqualifizierte. Ich reagierte dementsprechend
gemäß meinem Naturell natürlich mit Phasen
massivsten Selbstzweifels. Schließlich kam die Phase
des Wegwerfens. Ich war zu diesem Zeitpunkt in
einer unglaublich schwierigen Situation. Jean
versuchte mit allen Mitteln, mir unsere
gemeinsamen Kinder wegzunehmen, mein Vater
war verstorben und meine Mutter setzte mich

passiv aggressiv unter Druck. Ich litt an meiner nun immer stärker werdenden Depression. Wochenlang aß ich zu wenig, schlief kaum und war in ständiger Sorge um meine Lebensgrundlage. Er war zunächst für mich da. Ich fragte ihn des Öfteren, warum er all diese Probleme, die meine waren, mit mir zu stemmen versuchte. Seine Antwort war stets: „Ich mache das nicht nur für dich. Mein Motiv ist durchaus selbstsüchtig – wenn es dir besser geht, hab auch ich mehr davon". Ich schenkte dieser Aussage nicht genügend Bedeutung. Eigentlich hatte er sich mit diesem Geständnis, ohne es zu wissen, vollkommen offenbart.

Nun aber zurück zum Anfang. Nach dem 8. Dezember ging alles ganz schnell. Seine Attraktivität und diese ganz bestimmte Aura fesselten mich. Wenn er einen Raum betrat, richteten sich alle Blicke auf ihn. Wenn er das Wort ergriff, zog er alle in seinen Bann. Er zeigte durchaus immer wieder manipulative Fähigkeiten. Ich war wie hypnotisiert. Immer wieder fand ich mich plötzlich in seiner Wohnung wieder. Wir saßen stundenlang beisammen, erzählten uns Geschichten aus unserer Kindheit und lernten einander kennen.

Mein Blogpost vom 9. Januar 2017

Manchmal, da lernt man die merkwürdigsten Menschen kennen. Menschen, die einem eigentlich suspekt sind. Menschen, die man überhaupt nicht einschätzen kann. Menschen, die man so auf der Straße niemals ansprechen würde. Menschen, bei denen du überhaupt nicht wahrnimmst, ob sie weiblich oder männlich sind, wie sie aussehen oder was sie tragen. Sie sind einfach irgendwie präsent.

Ohne, dass man es möchte, schleichen sie sich in dein Unterbewusstsein und ehe du dich versiehst sitzt du plötzlich in einer Dachgeschosswohnung auf einer alten Couch, eine Tasse Pfefferminztee in der Hand und hörst dich über dein Leben reden.

Du erwartest absolut nichts und es wird auch von dir nichts erwartet. Du redest einfach.

Vermutlich viel zu viel.

Du redest und redest und trinkst Pfefferminztee – auf dieser völlig unbedeutenden Couch.

Du weißt nicht einmal ganz genau, mit wem du da eigentlich redest und trotzdem hilft es.

Was du mitnimmst? Ein winzig kleines Körnchen Inspiration das dich dazu bringt, deine Sichtweise zu verändern. Einen Denkanstoß, den du schon lange gebraucht hast.

*Nicht mehr und nicht weniger ^^*

Ich schrieb diesen Blog um mich selbst davon zu
überzeugen, dass er mich nicht interessierte denn
unterbewusst war mich vermutlich schon lange klar,
dass ich mich seiner Anziehung nicht entziehen
konnte. Seine Wirkung auf mich war mir unheimlich
und so tat ich etwas unglaublich dämliches. Ich
redete mir ein, ich sei in meinen Klassenkameraden
Martin verknallt. Kein Geniestreich. Martin war
überhaupt nicht mein Typ. Klein, wahnsinnig
ungepflegt, nicht besonders redegewandt. Nach ein
paar Wochen wurde mir klar, dass dies völliger
Schwachsinn war. Martin war eigentlich ein wirklich
armer Kerl, der seit jeher unter Richards Arroganz
litt und sich nie getraut hatte, gegen ihn
vorzugehen. Ihre Freundschaft basierte darauf, dass
Martin Richard anhimmelte und dieser ihn jedoch so
klein wie möglich hielt. Als sich Richard in dem
„Mina ist in Martin verknallt" – Dilemma auf meine
Seite schlug und sein langjähriger Freund ihm völlig
egal zu sein schien, hätte mir klar werden müssen,
mit welcher Sorte Mensch ich es hier zu tun hatte.
Natürlich war mir dies zu diesem Zeitpunkt noch
nicht klar. Ich verbrachte immer mehr Zeit mit
Richard. Er lernte meine Kinder, ich seinen
gesamten Freundeskreis kennen. Nach und nach fiel
mir auf, dass er zu niemandem eine wirkliche

Bindung zu haben schien. Selbst sein jüngerer Bruder schien ihm kaum etwas zu bedeuten. Ich sprach ihn des Öfteren darauf an, es fiel ihm jedoch schwer offen über meine Wahrnehmung auf diesen Bereich seines Lebens zu sprechen. Dann kam unser erster richtiger Streit. Ich arbeitete nebenher in einem Friseursalon als Putzfrau. Jeden Montag musste ich zwei bis drei Stunden dort putzen. Meine Babysitterin hatte abgesagt und so bat ich einige meiner Bekannten und Freunde um Hilfe. Niemand hatte Zeit. Auch er hatte meine Nachricht zwar gelesen, jedoch nicht geantwortet. Als meine Chefin mir am nächsten Tag sagte, sie könne mich aufgrund dessen nicht weiter beschäftigen wurde ich zum ersten Mal seit langem wirklich wütend. Ich klingelte bei ihm, und bat ihn mir alle meine Bücher - er lieh sich regelmäßig welche von mir aus – zurückzugeben. Außerdem warf ich ihm an den Kopf, ich hätte keine Lust mehr mich mit so unzuverlässigen Kaspern, wie er einer war, abzugeben. Für meine Verhältnisse wurde ich wirklich unglaublich wütend. Er schrieb mir: „Schade, dass du das so siehst…!" und blockierte dann meine Nummer. Nach einigen Tagen entschuldigte ich mich bei ihm für mein Verhalten. Ich war völlig betrunken an dem Abend und hing an ihm wie ein kleines Äffchen. Er verzieh mir großzügig, schließlich war dies ganz nach seinem Geschmack. Drei Tage später kam ich um zwei Uhr morgens vom Weggehen nach Hause, traf ich ihn an seinem Haus. Er war so dicht, wie ich ihn bis dahin noch nie gesehen hatte, sabberte und torkelte umher. Wir gingen spazieren. Er erzählte mir von seinen Ängsten und dass er das Gefühl hatte, er wäre alleine. Er sagte einige Male ziemlich abwertend „Und jetzt hab ich nur dich". Als ich ihn am nächsten Tag darauf ansprach, meinte er, dass hätte ich nur so interpretiert. Auf jeden Fall fasste er mich in dieser Nacht häufig an. Nahm meine Hand, streichelte meinen Rücken, nahm mich in den Arm und legte seine Hände auf meine Hüften. Er nahm zum ersten Mal mein Gesicht in seine beiden Hände, küsste mich auf die Stirn und sagte mir, dass er noch niemals zuvor jemanden wie mich kennengelernt hatte. Ich hatte Angst, denn seine Berührungen gefielen mir zu gut. Am Donnerstag darauf, trafen wir uns mit einigen Leuten in seiner Wohnung und gingen anschließend alle zusammen in eine Bar. Auch an diesem Abend nahm er mich häufig in den Arm, hielt meine Hand. Als wir zurück in seine Wohnung gingen, waren nur noch wir beide und Martin übrig. Eine ganz wundervolle Kombination. Martin ging hoch in die Wohnung. Richard und ich standen an seiner Türschwelle. Ich setzte mich auf die Stufen und weinte. Ich weine sehr oft, wenn ich betrunken bin. Er setzte sich zu mir, hielt mich im Arm. Er sagte mir, dass ich ganz wunderbar sei und dass er für mich da sein wolle. Wir standen auf. Er legte seine Hände an meine Hüften, ich meine um seinen Hals. Wir sahen uns in die Augen als er sagte:

„ Ich würde dich jetzt gerne küssen". Wir küssten uns. Schließlich standen wir knutschend an seiner Türschwelle. Plötzlich hielt er inne: „ Stopp. Ich kann das nicht. Wir dürfen das nicht. Ich kenne das nicht so". Ich fragte was er denn damit meinte und er antwortete: „Für mich war Küssen immer etwas so oberflächliches, unweigerlich mit Sex verbunden und bei dir ist gar nichts oberflächlich. Ich muss alles, was ich über die Liebe weiß, neu ordnen.". Ich wollte weglaufen doch er hielt mich fest. „Ich will nicht, dass du weggehst. Ich lasse dich erst gehen, wenn ich mir sicher sein kann, dass du irgendwann wieder kommst".

Zwei Tage später trafen wir uns. Es war ein sonniger Samstag. Wir gingen ein Stück spazieren und er versuchte sich zu erklären: „ Ich mag dich Mina, wirklich. Ich finde es gut, dass du so wie ich auch nicht an klassische Beziehungsmuster glaubst. Wir können kuscheln und uns auch küssen – du darfst nur nicht beleidigt sein, wenn ich ein anderes Mädchen kennenlerne. Schau mal, vielleicht ist das der Anfang einer Kommune.

Ich widersprach ihm nicht. Abends lud ich meine Freundin Hannah, ihn und seinen Freund Kilian zu mir zum Essen ein. Anschließend gingen wir noch in eine Bar. Ich war ein weiteres Mal sturzbetrunken. Hannah und Kilian gingen jeweils früher heim und so machten Richard und ich und in den frühen

Morgenstunden auf den Heimweg. Es dauerte lange denn wir bleiben immer wieder stehen, hielten unsere Hände, umarmten uns – ich küsste ihn.

Während ich diese Erinnerungen aufschreibe wird mir ein weiteres Mal übel. Ich kann es nicht fassen, dass ich nicht bemerkt habe, dass dies alles von ihm inszeniert war. Ein abartiges Theaterstück mit dem Namen „Richard will testen, ob er tatsächlich nicht fühlen kann". Ich habe mir vermutlich so sehr gewünscht, dass es echt war, dass mein Kopf gar nicht mehr zu Wort kommen konnte. In dieser Nacht schliefen wir zum ersten Mal nebeneinander in seinem Bett. Ich rutschte ohne zu wissen warum, so weit weg von ihm wie ich nur konnte.

In den nächsten Tagen begann ich eine neue Geschichte zu schreiben.

Wie Pfirsichblüten im Dezember

Prolog

Mit einem rhythmischen Knallen wurde Pauline wieder einmal gegen drei Uhr morgens, unsanft aus dem Schlaf gerissen. Ihr Mitbewohner hämmerte mit voller Wucht gegen die massive Holztür ihres gemeinsamen Appartements. Nein, bitte nicht heute. Sie hatte genug Demütigung für einen Tag erlebt und Bastien gab im betrunkenen Zustand keinen wirklich guten Zeitgenossen ab. „Line, mach die Tür auf, mach sie auf, ich find´ meinen Schlüssel schon wieder nicht, verdammt nochmal, mach jetzt auf, mach auf, mach auf Cherié. Cherié!", hörte sie ihn im Treppenhaus grölen. Um seinen Worten Nachdruck zu verleihen klingelte er zusätzlich Sturm. Mühsam wälzte sie sich aus dem Bett, fischte ihre Schlüssel vom Nachttisch und torkelte schlaftrunken zur Tür. Bastien hämmerte unermüdlich dagegen. „Ich bin schon da, krieg dich wieder ein", grummelte sie so laut, dass er es hören konnte. Sein erleichtertes Seufzen war zu hören. Pauline hasste seine regelmäßigen Eskapaden im Treppenhaus, denn sie war diejenige, die sich in ein paar Stunden wieder einmal Madame Toutains zwar berechtigten aber dennoch langatmigen Vortrag über die einzuhaltenden Regeln in diesem Haus anhören würde müssen, während Bastien seelenruhig seinen Rausch ausschlief. Jedes Mal wieder nahm Pauline sich vor, ihn beim nächsten Mal einfach draußen sitzen zu lassen. Sie schloss die Tür auf und das grelle Licht des Treppenhauses blendete sie. „Danke Süße". Er fiel ihr unsanft um den Hals. Sein Pastis-getränkter Atem streifte sie. Er ließ sich in seiner Umarmung von ihr stützen während sie die Tür hinter ihm mühsam, mit einer Hand wieder schloss. Schließlich schob sie ihn sanft aber bestimmt von sich, sodass er sich mit dem Rücken an die Haustür lehnen konnte – um eigenständig zu stehen fehlte

ihm definitiv die Kraft, das wusste Pauline. Bastien
hob den Kopf und grinste sie an. Er wusste genau,
dass sie böse auf ihn war. „Haben wir uns nicht erst
vor drei Tagen einstimmig darauf geeinigt, dass du
diese sturzbetrunkenen Heimkehreskapaden in
Zukunft unterlässt", tadelte sie ihn müde. Er senkte
den Kopf, schob die Unterlippe nach vorn und blickte
sie an, als wäre er ein unartiges Kind. „Du weißt
doch, dass ich das nicht mit Absicht mache, Cherié",
säuselte er. Auch das hasste Pauline zuweilen an
ihrem Mitbewohner. Er war es gewöhnt, mit seinen
schönen Augen und seinem spitzbübischen Lachen
jeden Fauxpas ausbügeln zu können. Er beugte sich
zu ihr vor, sodass sie seinen Alkoholpegel nun wieder
deutlicher wahrnehmen konnte und nahm eine ihrer
Haarsträhnen zwischen Daumen und Zeigefinger.
Pauline sah die vielen Telefonnummern die er sich
wieder einmal auf den Unterarm hatte kritzeln
lassen. „ Ich trinke nun mal mit den Mädels an der
Bar um den Umsatz zu steigern und dann übersehe
ich einfach schnell ´mal wie viel es tatsächlich wird.
So etwas bringt mein Job halt mit sich Cherié". Ja, als
ob sie diese lahme Entschuldigung nicht schon
kennen würde. Er nahm sie einfach nie ernst. Pauline
rammte ihm den Zeigefinger in die Brust, sodass er
zurück an die Tür kippte und ihre Haare loslassen
musste.
„Hör.Auf.Dauernd.Aureden.Für.Dein.Unmögliches.Be
nehmen.Zu.Suchen. Das mag ja sicherlich bei
irgendwelchen naiven Püppchen funktionieren

Bastien, aber nicht bei mir und hör verdammt nochmal damit auf, mich dauernd Cherié zu nennen, wenn du ganz genau weißt, dass ich wütend auf dich bin", zischte sie nun deutlich aufgebrachter als zuvor. *Seine Augen blitzten herausfordernd. So etwas war er von ihr definitiv nicht gewöhnt. Er kam näher. „Cherié, wenn du nicht so eine unglaubliche Langweilerin wärst, dann würdest du wissen, dass es durchaus immer wieder mal vorkommen kann, dass man wenn man jung ist, betrunken und ohne Hausschlüssel vor seiner Tür steht. Aber Mademoiselle Parfaite passiert so etwas ja nicht"*, erwiderte er gedehnt ohne die Stimme zu heben während er den Kopf schieflegte und sie zudem noch zuckersüß anlächelte. *Er nannte sie oft Mademoiselle Parfaite aber noch nie hatte dies sie so sehr in Rage versetzt wie in dieser Nacht. Pauline schubste ihn mit beiden Händen so fest sie konnte und wäre er nicht so nah der Tür gestanden, so war sie sich sicher, wäre er umgefallen und auf dem unnachgiebigen Holzboden ihres Eingangsbereiches gelandet.*

„Ich hab´ es so satt Bastien!", fauchte sie. *„ Ich habe es satt! Tagein, tagaus wohne ich hier mit dir seit drei gottverdammten Jahren und du hast nicht einmal genügend Respekt übrig für mich um dich zu entschuldigen wenn du mich wieder einmal aus dem Schlaf reißt"*. *Pauline ballte ihre schlanken Hände zu Fäusten und trommelte wie wild auf seine Brust. „Du*

tust immer so, als wäre irgendetwas nicht in Ordnung mit mir, als wäre es eine genetische Disposition, dass ich mich nicht täglich volllaufen lasse, welche mich dir unterlegen macht. Mademoiselle Parfaite, Mademoiselle Parfaite, Mademoiselle Parfaite". Pauline schrie nun aus vollem Halse während Bastien mit Mühe versuchte ihre Fausthiebe abzuwehren. *„Was ist denn in dich gefahren? Komm mal wieder runter, du tust mir weh. Stopp"*, versuchte er sie erfolglos zu bremsen. Sie wurde nur noch wütender. *„Ich? Ich soll mal wieder runterkommen? Weißt du was, ich suche mir noch heute eine neue Bleibe. Egal wo ich unterkomme, alles ist besser als weiterhin mit dir zusammenzuleben. Du. Egoistischer. Unsensibler. Selbstsüchtiger..."*, Paulines Stimme brach. Sie hatte plötzlich das Gefühl, als hätte man ihr den Hals zugeschnürt. Erst jetzt bemerkte sie, dass Bastien ihre Arme ganz fest hielt und ihr unverwandt in die dunklen Augen blickte. Schluchzend sank sie zu Boden. Pauline weinte und weinte. Bastien schwieg. Er kniete sich neben sie und strich ihr beruhigend über den Rücken. Als ihr Schluchzen langsam immer mehr verstummte wagte er sich vor: *„ Pauline?".* Sie schniefte, hob jedoch den Kopf und sah ihn zögernd an. Einen Augenblick lang schien er vergessen zu haben, was er sagen wollte. Als er sich wieder fing stammelte er etwas verlegen: *„Ich, ich kann verstehen, dass es dich nervt, dass ich dich ständig aus dem Bett hole und ich weiß, ja wirklich, ich weiß,* *dass unsere Konversation gerade nicht zu meinen Glanzleistungen zählt, es tut mir Leid. Ich bin wirklich betrunken und ich hatte einen merkwürdigen Abend, aber du hast es natürlich nicht verdient so behandelt zu werden, nur Line, was zum Teufel ist denn da mit dir gerade passiert? Ich hab dich noch nie so gesehen und Schätzchen, ich kenne dich mittlerweile ganz gut. Du warst wie weggetreten". Seine eisblauen Augen durchbohrten sie nahezu und ihr wurde plötzlich warm ums Herz. Trotz ihres Ausbruches machte er ihr gerade keinen Vorwurf, im Gegenteil er versuchte zu verstehen, was in ihr vorging. Vielleicht war sie ihm doch wichtiger, als sie bisher angenommen hatte. „Pauline?". Seine Hand lag weiterhin auf ihrem Rücken und er fuhr in kleinen Kreisen, mit seinem Daumen, über ihre Wirbelsäule. Er wartete ganz offensichtlich auf eine Antwort. Konnte sie ihm die geben? Bastien stand auf und hielt ihr die Hand hin. „Komm", sagte er leise und führte sie in ihr gemeinsames Wohnzimmer. Durch die durchs Fenster scheinenden Straßenlaternen wurde der kleine Raum in ein, für diese Situation tatsächlich passendes Licht getaucht. Pauline hätte sich mit voller Beleuchtung wohl noch beschämter gefühlt, als es ohnehin schon der Fall war. Sie setzte sich an den Eckplatz ihres moosgrünen Sofas, zog die Beine an und umschlang ihre Knie. Bastien verschwand in die Küche und sie hörte wie er den Wasserhahn laufen ließ. Mittlerweile kam sie sich richtig dämlich* vor. Ihr Verhalten war natürlich maßlos übertrieben gewesen. Was hatte sie sich dabei gedacht? Nichts. Es brach so urplötzlich aus ihr heraus, dass sie gar nicht dazu in der Lage gewesen wäre es zu kontrollieren. Bastien kam mit zwei Gläsern Wasser zurück, gab ihr eines, leerte seins in einem Zuge und stellte es klirrend auf dem gläsernen Couchtischchen zu seinen Füßen ab. Schließlich streifte er sich die grauen Converse von den Füßen und setzte sich ihr gegenüber. Er wirkte nun weitaus weniger betrunken als bei seinem Ankommen und Pauline war sich sogar ziemlich sicher, dass sein Geist der im Moment wesentlich klarere sein musste. Sie nahm einige große Schlucke Wasser. „Besser?". „Ja, viel besser, Dankeschön". Er nahm ihr das halb volle Glas ab und stellte es neben sein leeres. Pauline atmete tief ein. „ Es tut mir leid, ich hab´ mich wie eine Furie aufgeführt. Du hast das nicht verdient. Ich hätte meinen Frust nicht an dir auslassen dürfen. Ich mach dir morgen Frühstück okay, ich hab einiges wieder gutzumachen. Lass uns schlafen gehen, du kennst mich ja, ich bin einfach ab und zu etwas zu emotional", sprudelte es ungehalten aus ihr heraus. Sie wollte gerade aufstehen als Bastien sie unsanft am Handgelenk packte und zurück auf die Couch zog. Jetzt saß sie direkt neben ihm. „Du bleibst! Denkst du ernsthaft, ich lasse mich nach deinem ausgewachsenen Vulkanausbruch von vorhin mit solch einem Geschwafel abspeisen? Vergiss es! Was zum Teufel ist heute passiert?". Er war durchaus *aufgebracht seine Augen jedoch ruhten sanft auf ihrem Gesicht, so als wäre er sich der Tatsache, dass sie gerade jetzt, diesen Kontrast brauchte, völlig bewusst. Vielleicht unterschätzte sie ihn zuweilen. Pauline seufzte. „Ich habe Gabriel gesehen". „Welchen?". „Ihn. Den Gabriel", flüsterte sie."Oh". Bastiens Augen weiteten sich. Er zog sie in seine Arme. Sie schwiegen.*

Kapitel 1

Pauline Bonnefoy entsprang einem einfachen, absolut durchschnittlichen aber sehr liebevollen Elternhaus. Ihre Eltern führten eine kleine, stets gut besuchte Bäckerei bereits in vierter Generation. Sie hatte zwei ältere Geschwister, ihren Bruder Cedric und ihre Schwester Camille. Pauline war mit ihren 28 Jahren das Nesthäkchen der Familie Bonnefoy. Ihre 14 Jahre ältere Schwester war bereits einige Jahre verheiratet und hatte ihren Eltern drei bezaubernde Enkel geschenkt. Paulines Bruder würde das kleine Familienunternehmen weiterführen. So war sie frei. Die Bonnefoys waren immer stolz auf sie, war sie doch die erste in der Familie, die ein Studium aufnahm. Direkt nach dem Lycée, mit 19 Jahren, war sie an die École supérieure des beaux-arts nach Montpellier gegangen, um Kunstgeschichte zu studieren. Da ihre Hochschule nur etwa zweieinhalb Autostunden entfernt von ihrem Heimatort Saint-Alban-sur-Limagnole lag, war sie im ersten

*Studienjahr noch häufig nach Hause gefahren. Dann
lernte sie ihn kennen. Er war neu an der Hochschule,
hatte von Marseille nach Montpellier gewechselt
und war nicht nur ihr sofort aufgefallen. Sie war
gerade dabei, ihr Fahrrad aufzuschließen, als er sie
angesprochen hatte. Er wollte sie für sein Projekt
fotografieren. Geschmeichelt über die Tatsache, dass
ein so außergewöhnlich schöner Mann sie überhaupt
ansprach, sagte sie sofort zu. Es war nicht unüblich,
dass die Fotografie Studenten ihre Kommilitoninnen
als Modelle nahmen. Nach wenigen Wochen sah
man die beiden dann nur noch zusammen. Pauline
konnte sich wahrlich nicht erklären, was er an ihr
fand. Sie war durchschnittlich groß, nicht wirklich
schlank aber auch nicht dick, hatte eine schmale
Taille jedoch etwas zu breite Hüften und mit ihren
hellbraunen Locken und den haselnussbraunen
Augen, ihrer Stupsnase und den kleinen, runden
Lippen war sie zwar ganz hübsch stach jedoch nicht
wirklich aus der Masse heraus. Gabriel hingegen, zog
stets alle Blicke auf sich. Er war groß, schlank, hatte
einen karamellfarbenen Teint, fast schwarze Locken,
die stets aussahen, als wäre er gerade erst vom
Strand zurück und ein derart unverschämt schönes
Lächeln, welches jeder Frau die Knie weich werden
ließ. Leider war er sich dessen nur allzu bewusst, was
Pauline jedoch anfangs überhaupt nicht bemerkte.
Er gab ihr das Gefühl, etwas ganz besonderes zu
sein, machte hunderte Bilder von ihr und flüsterte ihr
Dinge ins Ohr, von denen sie früher nur geträumt*

hatte. Es dauerte nicht lange und er wurde zum Zentrum ihres Universums. Nach sechs Wochen zog sie zu ihm. Sie war überglücklich. Nachdem beide ihre Studien erfolgreich abgeschlossen hatten, reisten sie sechs Monate durch Europa. Barcelona. Lissabon. Neapel. Verona. Wien. Prag. Berlin. London. Dublin. Sie waren unzertrennlich und Pauline fühlte sich so frei wie noch nie. Nachdem sie wieder in Frankreich angekommen waren, zogen sie nach Aurillac im Cantal. Die Stadt war dafür bekannt, mit ihrem alternativen Charme viele junge Künstler anzulocken. Gabriel versuchte sich als freischaffender Fotograf und Pauline fand eine Anstellung im Museum für Kunst und Archäologie. Alles schien perfekt. Sie hatten ein kleines aber sehr hübsches Maisonette Appartement im Herzen der Stadt, welches er für sie ausgesucht hatte, fanden ein paar Freunde, die zwar hauptsächlich mit Gabriel verkehrten aber Pauline hatte das Gefühl, dass alles seine Richtigkeit hatte. Irgendwann, es fiel ihr nicht sofort auf, hatte er aufgehört sie so anzuschauen, als wäre sie etwas Besonderes. Er sprach nur noch das wichtigste mit ihr, fotografierte sie nicht mehr und blieb bis spät in die Nacht weg. Wenn er dann nachhause kam, weckte er sie unsanft, schlief hastig mit ihr und verzog sich dann in sein Atelier wo er oftmals erst gegen Nachmittag wieder rauskam. Pauline redete sich ein, dass er nur eine schwierige Phase hatte, seine Bilder verkauften sich nicht besonders gut. Sie litt sehr unter dieser Situation war aber überzeugt davon, dass alles wieder gut werden würde, wenn sie nur genügend Geduld und Verständnis für ihn aufbrachte. Dann wurde sie schwanger. An dem Abend, als sie es ihm sagte, warf er sie raus. Er sagte ihr, er könne ihren Anblick ohnehin schon eine ganze Weile nicht mehr ertragen. Er habe ihr auch wirklich oft genug gesagt, dass er keine Kinder haben wolle und außerdem könne er ohnehin überhaupt nicht sicher sein, ob es seines wäre. Sie wehrte sich nicht. Er packte ihre Sachen in einen großen Koffer. Plötzlich stand sie auf dem Trottoir. Sie hatte sich auf die Bank auf der gegenüberliegenden Seite gesetzt und geweint. Die Straße war in dieser Nacht menschenleer und Pauline war nicht in der Lage einen klaren Gedanken zu fassen. Was sollte sie tun? Ihre Eltern und ihre Geschwister hatte sie seit etwa acht Monaten nicht mehr angerufen, ihre Freunde waren wohl eher Gabriels Freunde und sie kannte hier ansonsten niemanden außer Arbeitskollegen und flüchtigen Bekanntschaften. Sie schluchzte laut und es kam ihr vor, als würden Stunden vergehen, in denen sie hier einfach nur dasaß und weder aus noch ein wusste. Da kam ein Mann die Straße entlang. Er summte leise vergnügt vor sich hin. Pauline hörte ihn nicht. Er aber hörte sie.

Als sich plötzlich seine große Hand auf ihre Schulter legte schrie sie auf. „Hey, ich tu dir nichts Cherié. Du weinst so herzzerreisend, wie könnte ein Mann da

*einfach vorbeigehen". Er zeigte auf ihren Koffer.
„Was ist passiert?". Sie schluchzte. Er zog ein
Taschentuch aus seiner Jeans und reichte es ihr.
Seine Hand lag tröstend auf ihrem Rücken und er
wartete geduldig bis sie sprechen konnte. Dann
erzählte sie ihm alles. Er schwieg währenddessen.
Als sie geendet hatte sah er sie einen Moment lang
an, als würde er überlegen einfach weiterzugehen,
dann seufzte er. „Ich bin verantwortungslos,
egoistisch, interessiere mich selten für die Gefühle
meiner Mitmenschen und trinke zu viel. Ich kann dir
absolut nichts versprechen und du darfst auch nichts
von mir erwarten aber mein Mitbewohner ist gerade
mit seiner Freundin zusammengezogen und ich habe
absolut keine Ahnung warum ich dir das nun anbiete
aber wenn du möchtest, kannst du übergangsweise
sein Zimmer haben". Noch ehe sie wirklich
antworten konnte, stand er auf, nahm ihren Koffer
und hielt ihr die Hand hin. „Komm".*

Kapitel 2

*Bastien hielt sie in den Armen während es draußen
langsam hell wurde. Als sie endlich aufgehört hatte
zu weinen, schlief sie an seine Brust gelehnt ein. Er
konnte sie nicht loslassen und so hatte er nur rasch
eine Wolldecke über sie beide gezogen. Eine ganze
Weile noch lauschte er Paulines gleichmäßigen*

Atemzügen, bis auch er endlich einschlief. Die Sonne erstrahlte hell ihren kleinen Salon als er mühsam seine Augen wieder öffnete. Seine Schläfen pochten schmerzend. Pauline lag nach wie vor halb auf ihm und schlief noch immer. Er betrachtete ihr schönes Gesicht. Pauline gehörte zu den Frauen, die ihre Ausstrahlung weit unterschätzten. Ihm war bereits bei ihrer ersten Begegnung aufgefallen, dass sie unglaublich schön war. Ihre Schönheit hatte nichts aufdringliches, nichts Exotisches ans sich. Sie war zart und natürlich. Am Anfang hatte er ihr noch oft Komplimente gemacht, jedoch damit aufgehört als er bemerkt hatte, dass sie dies unsicher werden ließ. Es fiel ihm zunehmend schwerer ihre Wirkung auf ihn zu ignorieren. Er wusste nicht genau, wie er damit umgehen sollte. Nach einigen Stunden mit ihr hatte er bereits gewusst, dass sie absolut nicht zu den Frauen gehörte mit denen man oberflächliche Gespräche führen und zwanglos flirten konnte. Er hatte versucht eine gesunde Distanz zwischen ihnen aufrechtzuerhalten, was ihm jedoch nicht wirklich gelang. Niemals würde er es offen zugeben aber sie war zu seiner besten Freundin geworden, mehr, sie war seine Vertraute und er konnte sich gar nicht vorstellen, ohne sie zu leben. Gestern Nacht, als sie ihm damit gedroht hatte auszuziehen, da bekam er tatsächlich Angst. Er hasste die Tatsache, dass sie ihm nicht wie der Rest der Welt gleichgültig war. Sie seufzte leise und er betrachtete ihre kleinen, runden Lippen. Sie waren leicht geöffnet. Er mochte ihren

Mund, er mochte ihre dunklen Augen, ihre
pfirsichfarbenen Wangen und ihre kleine Stupsnase.
Sie sah immer so unschuldig aus. So lieb. So als
müsste er sie vor dieser grausamen Welt beschützen.
Unbeholfen wie er war, beschützte er sie davor,
indem er ihr durch sein eigenes unmögliches
Verhalten aufzeigte, dass sie sich auf niemanden
außer sich selbst verlassen konnte. Bastien seufzte.
Langsam zog er den Arm unter ihrem Kopf hervor
und stand auf um in Richtung Badezimmer zu gehen.
Als er wenige Minuten später zurückkam saß Pauline
im Schneidersitz auf der Couch. „Hey". Sie lächelte
ihn zögernd an. „Hey". Er lächelte zurück.
„Dankeschön. Für…, für…,für alles", murmelte sie
leise. „Nichts zu danken Cherié. Dafür sind Freunde
doch da", entgegnete er schulterzuckend. Einen
kurzen Moment lang starrten sie sich unverwandt
an. „Ich glaube mich an ein Versprechen deinerseits
mir Frühstück zu machen zu erinnern", durchbrach er
anzüglich grinsend die Stille. Sie verzog das Gesicht
zu einer Grimasse. „Daran erinnerst du dich also". Ihr
Magen knurrte laut. Er legte den Kopf schief und
grinste sie an. „Ja, ich werde mir nun Frühstück
machen und ich denke es spricht nichts dagegen,
wenn du mitisst", zog sie ihn auf. „Braves Mädchen".
Sie rollte mit den Augen, stand auf und ging erst
einmal ins Badezimmer. Als sie sich die Hände
wusch, betrachtete sie ihr Spiegelbild. Ihre Augen
waren verquollen, ihre Nase rot und ihre Wangen
waren von rötlichen Flecken übersät. Sie putzte sich

die Zähne, wusch ihr Gesicht und legte Tagescreme
auf. Dann kämmte sie ihre zerzausten Haare
ordentlich durch und band sie zu einem Zopf. Sie
ging in ihr Zimmer gegenüber. Aus Bastiens Zimmer
war Musik zu hören. Ihre beiden Räume lagen direkt
nebeneinander an der rechten Seite gegenüber der
Eingangstür. Sie seufzte. Rasch entledigte sie sich
ihrer Schlafkleidung und schlüpfte in ein graues,
halblanges Baumwollkleid mit dreiviertellangen
Ärmeln und hellblauen Rüschen am Ausschnitt.

Die Küche der beiden, war tatsächlich keine typische
WG Küche. Sie war relativ groß und die Einrichtung
ein stilvoller Mix aus Ikea und Flohmarkt Möbeln. Es
gab einen großen, modernen, Gasherd mit sechs
Platten, den Bastien vor zwei Jahren neu gekauft
hatte und der direkt vor dem großen, doppelten
Jugendstilfenster stand, sodass man während man
kochte das bunte Treiben in den Gässchen Aurillacs
verfolgen konnte. Die Türen der Küchenschränke
waren dunkelblau lackiert worden, der Rest
Naturholz geblieben. Es gab einen großen, grauen
Kühlschrank. Auf den stets blitzblank polierten
Arbeitsflächen, tummelten sich allerhand
Küchengeräte, von denen Pauline nur einige wenige
tatsächlich benennen konnte. Sie waren Bastiens
ganzer Stolz. Er kochte für sein Leben gerne und
diese Küche war sein Revier. Das einzige was sie
wirklich konnte, war Frühstück. Er gestattete ihr dies
hin und wieder zu übernehmen. Unter dem einzelnen

*Fenster, dessen Fensterbrett voller Kräuter stand,
war ein großer runder Holztisch mit vier
verschiedenen Holzstühlen platziert worden, alle
taubenblau lackiert und mit dunkelblau weiß
gemusterten Kissen ausgestattet, deren Stoff den
Vorhängen an beiden Fenstern glich. Dies war ihr
Verdienst. Durch die alten Holzdielen ihrer
Wohnung, war diese Küche ein Raum der wahrlich
einem Zeitschriftenarrangement glich. Pauline fühlte
sich hier sehr wohl. Nachdem klar war, dass sie
länger hier wohnen würde, hatte Bastien ihr
gestattet, den gemeinsamen Räumen ihren Stempel
aufzudrücken. So war eine bunte Mischung aus
einigen modernen Möbeln, antiken Einzelstücken
und bunten Teppichen und Stoffen entstanden, der
in sich absolut stimmig wirkte.*

*Pauline holte Obst aus dem Kühlschrank und schnitt
es auf. Dann röstete sie das Baguette, das sie noch
übrig hatten und holte eine Dose Kichererbsen aus
dem Vorratsschrank. Sie vermengte diese mit ein
wenig Knoblauch, Petersilie und Zitronensaft und
pürierte alles. Bastien kam mit nassen Haaren in die
Küche. Er trug eine kurze blaue Stoffhose, die tief
auf seinen Hüften saß und ein altes, hellgraues T-
Shirt mit einem verwaschenen Kunstdruck darauf.
Seine langen Deckhaare waren zu einem kleinen
Knoten geschlungen. In seinem in den letzten
Wochen immer voller werdenden Bart hingen noch
einige Wassertropfen. Er tunkte seinen Zeigefinger in*

ihre Kichererbsen Mischung und leckte ihn ab.
„Lecker, Hummus. Möchtest du auch Kaffee?",
fragte er sie dann und stellte den Wasserkocher an.
Als sie nickte, holte er eine kleine Kanne und einen
Porzellan Filter aus dem Küchenschrank. Es war fast
dreizehn Uhr als sie sich schließlich hinsetzten. Sie
aßen schweigend und Pauline hatte das ungute
Gefühl, als hätte sich gestern Nacht irgendetwas
zwischen ihnen geändert.

Sie war sich nicht sicher, ob sie diese Tatsache als
gut oder schlecht bewerten konnte.

Unsere Beziehung zueinander wurde von Tag zu Tag
intensiver. Mir fiel auf, dass er seine Sprache meiner
anzupassen begann und ich umgekehrt ebenso. Bald
gab es uns nur noch zu zweit, so wirkte es zumindest
auf mich. Mir war dies nicht geheuer. Immer
häufiger sprach er von „Wir". Meiner naiven,
kindlichen und romantisch kitschigen Seite gefiel
dies natürlich. Je mehr Zeit wir miteinander
verbrachten, umso deutlicher wurde für mich
jedoch, dass irgendetwas mit ihm nicht ganz in
Ordnung war. Immer wieder erhaschte ich einen
kurzen Blick auf sein wirkliches Ich. Er trug so viel
Hass in sich. So viel Selbsthass. Auffällig war auch,
dass er alles und jeden kritisierte, abwertete. Kein
Mensch schien seinen perfektionistisch hohen
Anforderungen gerecht zu werden. Natürlich nicht,
waren sie ja auch völlig unmenschlich. Er erzählte

mir immer mehr über seine vergangenen
Beziehungen, über seine Eltern. Er weinte vor mir.
Körperlich waren wir uns weiterhin sehr nah. Immer
wieder fassten wir uns an den Händen, er streichelte
meine Arme, meinen Rücken, mein Gesicht. Wir
küssten uns ab und an. Ich fühlte mich sicher bei
ihm. Tragischer weise fühlte ich mich vermutlich
genau deshalb so sicher, da unser Verhältnis
zueinander genau das widerspiegelte, was ich schon
von Kindesbeinen auf kannte. Ich begann jemanden
zu lieben wohlwissen, dass diese Liebe niemals auch
nur annähernd erwidert werden würde. Es gab
jedoch kein Zurück mehr.

Irgendwann wusste ich, dass er mir das Herz
brechen würde. Ich sagte ihm dies auch ehrlich. Er
konnte nicht damit umgehen, wurde wütend und
erklärte mir, dass meine dumme Verliebtheit noch
alles kaputt machen würde. Ich erfuhr immer mehr
über seine Kindheit, die Beziehung zwischen ihm
und seiner Mutter, seinem Vater. Er erzählte mir,
wie seine Mutter mit dem Tod seines Vaters
umgegangen war und wie er und sein Bruder unter
dieser Situation litten. Während er dies erzählte,
überkam mich eine unglaubliche Traurigkeit. Er tat
mir so leid. Ich weinte. Nicht für ihn – um ihn.

Ich will ihn überhaupt nicht verstehen, ich will nicht
fühlen, was er fühlt. Ich hasse die Tatsache, dass ich
ihn nicht hassen kann. Irgendwann in seinem Leben

hat er vermutlich angefangen, nicht mehr zu fühlen. Er wirkte auf mich oft wie jemand, bei dem Kopf und Körper völlig voneinander getrennt waren. Das machte mir Angst und faszinierte mich jedoch zugleich. Richard wirkte auf mich wie jemand, der ständig krampfhaft nach Echtheit suchte. Er glorifizierte Kinder, die Kindheit an sich, die Natur – jene Dinge, die diese ganz besondere Ursprünglichkeit an sich haben. Die Einfachheit und Natürlichkeit, die ihm irgendwann einmal genommen wurde.

Die Sprache ist mein Zuhause und gemäß meinem Wesen ist meine Sprache oft lamentiert und lyrisch geprägt. In der Welt der großen Worte fühle ich mich wohl. Ich bin eine naive Romantikerin. Eine Heimatlose. Ich bin mitunter durchaus selbstzentriert, stimmungsabhängig, melancholisch, reserviert, arrogant, vergangenheitsfixiert und will etwas Besonderes sein. Ich bin neidisch auf die Einfachheit anderer Menschen und fühle mich ständig hin- und hergerissen zwischen Vergangenheit und Zukunft – natürlich immer auf Kosten der Gegenwart.

„Nashwas Reise in die Unterwelt" oder „Was der Verstand nicht zu verstehen vermag"

Elske: Sie ist die Personifikation der Liebe

Hugu: Er ist der Verstand; die Personifikation des Ratio

Nashwa: Sie ist das Ebenbild, die „Tochter" der Elske. Diese schuf sie aus Angst, die Menschen würden ihre Existenz alsbald auslöschen. Nashwa entspricht jedoch nicht der vollkommenen Liebe, da Hugo sich nicht mit Elske verbünden wollte ist Nashwa ein reines Gefühls- und Lustwesen

Horatio: Er ist das Ebenbild, der „Sohn" des Verstandes Hugu, wurde von diesem erschaffen um Elske, der Personifikation der Liebe entgegenzuwirken als diese ihr Ebenbild, ihre „Tochter" Nashwa schuf.

Luzifer: Er ist der Herr der Unterwelt, der Teufel und wartet schon seit Beginn der Erde auf das Ableben der Elske

Malitiae: Sie ist die Schlange des Luzifer und sieht für ihn auf der Erde nach dem Rechten

Der Chor der Untoten: Er steht für all´ die Menschen, die der Liebe bereits abgeschworen haben und nun weder lebend noch tot unter Luzifer dienen

Die Götter: Sie sind die Gestirne des Himmels und die Elemente Feuer, Erde, Wasser und Luft

Der Chor der Liebenden: Er steht für die Verbindung zwischen Elske und Hugu; für das Männliche und das Weibliche

Aurelia: Sie ist die Manifestation der Verbindung zwischen Nashwa und Horatio. Sie ist das goldene Band, das den Verstand und das Gefühl vereint; Sie bringt die Erlösung

Szene 1

Der Vorhang geht auf; Alles ist schwarz. Eine einzelne Kerze auf einem alten Holztisch erhellt schwach den Raum. Horatio geht in seinem Arbeitszimmer auf und ab. Er ist edel, schwarz gekleidet.

Horatio: „So steh ich hier an diesem Tag, der mir nicht dienlich ist; die kostbarste Zeit ist die der Tat, doch was wenn nichts mehr ist? Seit Wochen irre ich umher, durchlebe diese Pein, ich suche hier auf diesem Weg und hebe Stein für Stein; Nun auf doch jeder einzelne allein verspottet mich für das was ich doch stets gedacht zu sein; Wohin mit mir und was? Wohin mit dem was ich nicht kann erlangen? Wer war ich, bin ich, werd ich sein; wenn diese Zeit vergangen? Es war doch alles stets so wahr; Zwei Farben und nicht mehr; der Verstand sich mir hat stets offenbart so sauber, kristallklar. Ich musste niemals wirklich fragen wer ich denn wirklich war. Mein Leben verlief gewöhnlich gut ich fühlte mich stets wohl denn niemand kam und sagte mir ich wäre innen hohl. *schreit* Das bin ich nicht. Was denkt sie sich? Als sei sie fehlerfrei. Trampelt auf meinem Verstand herum und sagt sie wolle sehen wer ich im Innersten denn sei, kann sie das nicht verstehen? Hinweg mit ihr! Nichts geht's sie an! Verbannt soll sie nun sein; In meinen Tempel der Vernunft soll niemand je hinein. *Er bläst die Kerze aus. Die Hälfte der Bühne wird nun erhellt sodass eine weiße und eine schwarze Seite sichtbar sind* Schon gar nicht sie, dies komische Wesen ohne jeden Verstand; lässt sie sich leiten vom Gefühl ist mit dem Teufel gar verwandt. Ich mag sie nicht und nichts an ihr mir graut ihre Gestalt; wenn ich sie nur

hör so merke ich wie meine Faust sich ballt. Doch
bin ich klug genug und rein dies nicht zu
manifestieren, duellieren sich das Gefühl und der
Verstand wird sie ohnehin verlieren. Verflucht sei
ihre Stimme, ich will sie nicht mehr hören, bevor sie
jemals war erschallt – da schien mich nichts zu
stören. Zwar wusste ich natürlich stets das
Wespennest war da und sie in unsäglicher
Dummheit tritt hinein, erkennt nicht die Gefahr.
Warum nur lässt sie nicht mehr los? Was bringt es
ihr denn noch? Ich spür es kommt mir immer näher,
dieses schwarze Loch. Fall ich hinein, so weiß ich
nicht komm ich jemals heraus. Die Antwort auf diese
Frage mir mehr als alles graut. Denn ist sie nicht zu
lösen leicht nur durch reinen Verstand. Alle
Wissenschaften dieser Welt haben es nie erkannt.
Die geistige Welt sie ist so reich und doch so
bettelarm denn manche Dinge die brauchen mehr
als Zahlen, Formeln diesen Kram den ich als Gottheit
sah stets an und sag wo bist du nun? In dieser
dunklen Stunde lässt du's auf dir beruhen? So steh
ich hier an diesem Tag, der mir nicht dienlich ist; die
kostbarste Zeit ist die der Tat, doch was wenn hier
nichts ist?"

*Ein Blitz erhellt den Raum. Horatio zuckt
zusammen. Sein lauter, markerschütternder Schrei
ertönt. Er geht zu Boden. Der Vorhang geht zu.*

*Der Vorhang geht auf. Die Bühne ist leer, wird von
verschiedenfarbigen Lampen erhellt. Nashwa
betritt die Bühne. Sie trägt Lumpen, ist barfuß. Ihre
Haare stehen wild vom Kopf ab.*

Nashwa: Ihr Götter, Sonne, Mond und Erde mein,
kommt und hört mich an. Ich liebte, ehrte, achtete
euch; Ich gab stets was ich nahm. In dieser Zeit
gelingt mir nichts, kein Zauber ist mehr mein. Was
soll ich tun, kommt hört mich an, so möchte ich
nicht sein. Wie viele Tage, Wochen, Jahr hab ich
euch nun gedient? War ich nicht stets ein frommes
Kind? Habt ihr nicht unter meiner Hand erblüht? Ich
fühle jeden Kieselstein hier unter meiner Haut. Wer
war ich, bin ich, werd´ ich sein? Die Antwort mir so
graut. Sonne die du mich hast erwärmt an manchem
kalten Tag; Ich stehe hier und bitte dich um deines
Lichtes Gnad. Noch nie zuvor wusst ich nicht weiter,
mein Herz war niemals leer. Mein Herz, mein
Gefühl, meine Liebe zu euch ward an jedem Tag

genug, dann traf ich ihn; den Meister der Vernunft
und nichts mehr wurde gut. Es duellieren sich hier
zwei die diverser nicht könnten sein. Noch nie zuvor
war ich gezwungen zu ändern mein Gefühl. Es
scheint als spielten hier die Götter ein wahrlich
lust´ges Spiel. Der, der am meisten hier verliert –
führt er euch dann zum Ziel? Ich laufe hier im kalten
Schnee barfuß, bettelarm. Bade im sauren
Tränenmeer. Ein jeder Zug, ein jeder Schritt, ein
Hoffen fällt mir schwer. Hinfort ist meine
Leichtigkeit, was bin ich ohne sie? Nur ein
gewöhnliches Erdenkind. Den Sinn des Lebens
suchend; ob ich den Sinn in meinem find? Ihr Götter,
hört mich rufen! Ich war euch untergeben ja, ich war
euch hörig stets. Tag für Tag, Jahr um Jahr ging ich
auf eurem Weg. Von diesem ging ich zu weit fort
nicht ahnend die Gefahr, die lauert hier und da und
dort – mein Ende ist so nah. Oh Mond der mir den
Wandel zeigt; nimm mich an deine Hand. So hilf mir,
bitte hilf mir doch in dieser endlosen Nacht. Erde,
dich hab ich stets geliebt bin ich doch deines Kind –
so viele Verse ich dir schrieb. Von ihnen singt der
Wind. ***Nashwa kniet sich auf den Boden, blickt
empor; sie schreit.*** Gestirne des Himmels und Götter
der Erde, des Wassers, des Feuers der Luft wo seid
ihr nun, wenn ich euch brauch wo seid ihr wenn ich

nach euch ruf? So wahr ich hier stehe so soll es sein; wenn ihr mir nicht mehr traut; soll mein Werk nun dies des Teufels sein; Ich kann ihn spüren unter meiner Haut. Ich sage mich los von all dem Guten dass es wohl nicht mehr gibt. Von nun an soll ich die Tochter der Unterwelt sein, der einzigen Kraft die mir wahrlich dient.

Ein lauter Donnerschlag ertönt; Das Licht färbt sich rot; Nashwa blickt ins Publikum; Das Licht geht aus;

Szene 2

Das Licht geht langsam an; Die Bühne ist in rotes Licht getaucht; Nashwa stet abseits; Der Chor der Untoten tritt auf; Sie tragen gruselige Masken, ihre Hände sind in Ketten gelegt

Der Chor: *singt zum Publikum gewandt* „Sie hat sich verkauft, hat sich verraten, das Erdenkind ist nun verloren. Unser Meister kann es kaum erwarten sich ihre reine Seele nun zu holen. Die Liebe die ist das was die Menschen stets treibt zum Wahnsinn und zu uns; wir können´s hören an diesem Tage, der Mund der Wahrheit tut es kund. Ein Menschenkind ist so verletzlich wenn es sich gibt hin dieser Pein, die Liebe ist nicht mehr als die Frage denn diese Welt ist nur noch Schein".

Der Chor wendet sich Nashwa zu „Der Herr und Meister der dunklen Künste der wird dir helfen dies nun zu verstehen- verschließ dein Herz und lass es baden im schwarzen Unterweltensee. Und tust du dies so bist du weise denn keine Pein kann dich mehr holen, du bist dann frei und musst nicht warten ob der Verstand den Stand des Herzens je einholt".

Der Chor lacht hässlich und rasselt mit den Ketten; Ein Gong ertönt – der Chor verstummt und verschwindet im Dunkeln. Nashwa tritt in die Mitte der Bühne

Nashwa: „Ich hab in meinen jungen Jahren so manche Qual, so manches Leid erlebt an ach so vielen Tagen. Die Welt bereist und doch stehe ich hier und kenne nichts; bin wie das jüngste Kind. Nun gebe ich mich allem hin; die Antwort ich hier find. Herr der Unterwelt, des Bösen und der Macht kannst du mich hören, so zeige dich! Ich leg mein Herz in deine Hand, auf dass das Leid hört auf; Zeig mir den Weg aus dieser Nacht; den Weg der führt hinauf".

Der Chor lacht im Hintergrund; Nashwa sieht sich
suchend um; weißer Rauch umhüllt die Bühne;
Luzifers Stimme ertönt aus dem Off

Luzifer: „ Du dummes, kleines Erdenkind was
glaubst du wo du bist? Befindest dich in meinem
Reich wo die Güte dich niemals küsst. Warum sollte
ich großer Herr dir erfüllen einen Wunsch? Ich kenn
dich schon dein Leben lang, schaue dir so oft zu wie
du von einer Blume zur nächsten wanderst singend
und so naiv, du bist die einfältigste aller Kreaturen,
die jemals nach mir rief. Dein Herz ist viel zu groß
und rot, es pocht auch viel zu laut. Von allen Kindern
dieser Erde bliebst du am längsten dumm. Hast stets
geglaubt an gute Mächte – oh wie ich dich verachte"

Nashwa: „Oh Herr, Gebieter, Luzifer nur du allein
kannst mich befreien aus diesem Schicksal hier; Ich
will nicht mehr auf Erden wandern wie ein gar
einfältiges Tier; ich erkenne nun wie dumm ich war
das Gute war niemals wirklich da; Ich gab mich hin
der Illusion und bade nun in deinem Hohn den ich
verdient mir hab so sehr".

Luzifer: Schweig still! Ich sehe was dein Anliegen ist
doch will dem nicht entsprechen. Gib mir den

Beweis, dass das Böse siegt – nur dies kann meinen Willen brechen. Geh auf die Erde nun zurück und kämpfe gegen ihn der dich zu dieser Stunde trieb, lass ihn spüren deine neue Macht, den Hass und die Magie die ich dir dann verleihen mag wenn du mir lieferst nicht nur dein, nein, sein Herz noch dazu. Schaffst du es nicht so sollst du ewig leidend auf Erden wandern und niemals dich erfreuen der Kräfte meiner Unterwelt; der Macht der dunklen Träume. Geh, geh und tu was man dir sagt du dumme Kreatur. Als Zeichen deiner Hörigkeit leg ab den dunklen Schwur".

Nashwa: „Ich schwöre hier bei meiner Ehr, ich will dich nun nicht täuschen mein Herz und seins soll dir gehören auf ewig. Nur du bist der, der mich erfreut, der mich kann leiten stetig. Ich leg mein kleines Leben nun in deine schwarze Hand. Auf ewig soll verbinden uns des dunklen Schwures Band.

Nashwa geht ab; Luzifer betritt die Bühne

<u>**Luzifer:**</u> Du dummes Kind, was denkst du nur? Du einfältige Kreatur; der, den ich will gehört mir schon ganz ohne deinen Schwur. Du bist ein Nichts, eine Abart der Schöpfung und eines ist gewiss, Horatio ist dir verfallen und weiß noch nichts davon; Er wird dir eilen zu Hilfe und dann hab´ ich alles bekommen.

Die Herzen zweier hier vereint in diesen heil ´gen
Hallen. Ach wies mich freut schon jetzt und heut –
du hast lange schon verloren mein törichtes Kind
lacht angsteinflößend

*Ein Donnerschlag ertönt; Das Licht geht aus; Der
Vorhang geht zu*

Szene 3

*Der Vorhang geht auf; Eine alte Dame betritt die in
hellem Licht erstrahlende Bühne; Ein einzelner Stuhl
steht in der Mitte; die alte Dame setzt sich zum
Publikum gewandt; sie sieht erschöpft aus; Ihre
Kleider wirken abgetragen; es wird einem jedoch
schlagartig klar, dass sie einmal von
außerordentlicher Schönheit gewesen sein muss*

Elske: *spricht leise* Ich bin so alt wie diese Welt und
so jung wie jeder Morgen. Ich hab alles und nichts
gesehen. Ich war da in den dunkelsten Stunden der
Menschen und in den hellsten. Ich bin
allgegenwärtig und doch suchen mich so viele. Ich
bin was ich bin. Nicht mehr und nicht weniger. Ich
bin in mir, in dir in jedem Erdenkind ich bin in jedem
Baum, in jedem Blatt, in jedem Atemzug. Ich lasse

die Flüsse schneller fließen und die Bergeshöhn im
schönsten Licht erstrahlen. Ich lasse die Ähren reifen
und den Regen fallen. Ich bin in jedem Wesen dieser
Erde in jedem kleinsten Hauch. Ich bin was ich bin –
so viel, so wenig, alles, nichts. Ein Hauch. Die
Menschen haben mich missbraucht für ihre
hässliche Gier, sie haben mich verändert wie es
ihnen gefiel. Sie wollten mich so sehr und je fester
man mich hielt umso kleiner wurde meine Gestalt
und ich verlor so unendlich viel. Mein Ebenbild wollt
ich erschaffen aus Angst nicht mehr zu existieren
und so suchte ich nach einem würdigen Gatten. Mit
diesem wollt ich mich verbünden, ich konnte nur
verlieren. Er war mein größter Gegner stets was ihm
derart missfiel dass er den Plan den ich verfolgt´
durchkreuzen wollte gar. Er tat's mir gleich und
keiner wusst´ wie tragisch dies doch war. So
wandelten von diesem Tag an auf der Erde nun ein
Wesen aus Gefühl und Lust und eins rein aus
Verstand. Wie es so kam ein keiner weiß wie dieses
Unglück geschah sie trafen sich und Nashwa, sie sah
nicht die Gefahr. Sie sah in ihm, was sie nicht kannt;
verfiel ihm ganz und gar. Er war zu klug um nicht zu
sehen wohin das alles führt so hielt er sich soweit er
konnt´ fern von diesem Gefühl.

Hugu betritt die Bühne; Man sieht ihm an, dass er bereits sehr alt ist doch ist sein Antlitz ist ohne jeden Makel; Er schleicht sich von hinten an Elske heran und packt sie an den Schultern; Elske schreckt hoch; die beiden stehen sich gegenüber; der Stuhl zwischen ihnen

Hugu: *grinst schelmisch* „ Mein altes Mädchen, ich dich hör schwätzen. Wem erzählst du denn unsere Geschicht'? Wer auch immer dir ein Zuhörer ist, so sei gewiss meine Liebe, du allein kannst nicht auch nur annähernd die Tragweite unserer Verbindung darstellen, dir mangelt es an der dafür nötigen Objektivität. Nur die vermag eine Geschichte allumfassend zu erzählen so dass der Zuhörer nicht sogleich auf eine Seite gezogen wird. Lass mich erzählen wie es so kam dass du und ich uns fanden. Es war vor langer, langer Zeit ich war noch ach so jung und du, du warst die Schönste Frau die ich jemals hab gefunden. Mich reizte deine Einfachheit, dich mein Reichtum an Verstand und so kam es dazu, dass wir liefen Hand in Hand über Berge und Täler, durch reißende Flüsse, wir teilten die Meere und fanden uns küssend am Rande der Welt wieder und wieder an jedem Tag. Die Zeiten veränderten sich und die Menschen vergaßen, dass wir beide nur zu zweit in einer Einheit das Potential des jeweils anderen tatsächlich ausschöpfen könnten. Der eine existiert niemals vollständig ohne den anderen. Du und ich wir wussten das, doch fehlte auch dir der Verstand *lacht schallend* du bekamst Angst um deine Existenz; dir war nicht wirklich klar, dass Mensch um Mensch der existiert gar von deiner Abhängig war. Du wurdest töricht ja gar dumm und wolltest mich hintergehen, ein Ebenbild dir schaffen ohne es wirklich zu verstehen. Das konnte ich nicht zulassen doch war auch ich noch jung anstatt dich an der Hand zu nehmen führt ´ ich dich an der Nase rum. Und so kam es, dass wir zwei, du und ich, einer einfältiger als der andere jeweils unser Ebenbild schufen und nicht ahnten welch´ Tragödie diese unsäglich dummen Taten mit sich ziehen würden".

Elske beugt sich zu Hugu hinüber und küsst ihn sacht auf die Wange

Elske: „Ja wir zwei, du und ich, sind so viel klüger nun denn was wir da getan einst war grauenvoll und nun sind wir gezwungen zuzusehen wie unsere Kinder untergehen. Nashwa meine geliebte Tochter, sie ist gar nicht wie ich, ihr fehlt jede Vollkommenheit und doch ist sie gar großartig. Ein Wesen, dass es so nicht gab; überschäumend an Gefühl doch fehlt ihr gänzlich jeder mens. Wie kann es anders sein, schuf ich sie ohne Gegenstück nur für mich allein. Sie wandelt nun durch diese Welt, weiß weder ein noch aus, singt und tanzt und freut sich ja, findet nur nie nach Haus". *Senkt den Kopf und schluchzt*

Hugu streichelt Elske über den Kopf

Hugu: „Mein Augenstern, nun wein´ doch nicht auch ich hab dies getan. Horatio er gleicht mir nicht, er ist mein Untertan. Der Junge weiß nicht ein noch aus vor lauter Weisheit gar nun kennt er jedes Buch der Erde und jede Wissenschaft ist sein und doch ist's als ob er nichts wüsste denn sein Herz ist noch so klein. Dann kam sie zu ihm Nashwa und schüttet ihm ihres aus, dies war für ihn so abartig, die Grundlage der Krise seines Seins. Anstatt zu lernen wie er es stets tat; tagein, tagaus, schickt er sie fort und hasst sie gar; Er schließt sich ein zu Haus. Ich wünscht er könnt´ erkennen nun, dass dies ist seine Chance zu erkennen was er ewig sucht´; herauszufinden aus dieser Trance.

Die beiden nehmen sich an den Händen und treten vor das Publikum

Gemeinsam: Wir formten Wesen ohne Sinn und werden dafür büßen; der jüngste Tag er ist so nah;

der Tod er wird sie grüßen. Einer von beiden geht zu
weit und obgleich es uns missfällt ein Krieg so alt
wie die Menschheit gar ; nein nicht um Gut und
Geld; Herz und Verstand die treten an und einer, der
wird fallen. Es ist kein Platz für beide, es ist kein
Platz für beide!"

*Elske und Hugu wenden sich einander zu,
verbeugen sich und treten dann auseinander; sie
verschwinden in die jeweils entgegengesetzte
Richtung*

*Das Licht geht aus; Der Chor der Liebenden tritt auf
die Bühne; engelsgleiche Gestalten in langen
weißen Gewändern; mit dem ersten Ton setzt auch
die Beleuchtung wieder ein*

Der Chor der Liebenden: „Schwarz und Weiß;
Nebelschwaden ziehen um das Glück; Vom Baum
der Erkenntnis nahm er sich zu viel und sie verfiel
der Sünd´ ; dann schufen sie die Kreaturen dieser
dunklen´ Stund; Es wird geschehen was der Mund
der Wahrheit tut uns heute kund; Ein Krieg entfacht
durch zu viel Sünd´ , ein Krieg älter als das Sein; Gut

und Böse; Macht und Güte; keiner existiert allein.
Horatio du musst erkennen, ja nur du allein;
vermagst Verstand um zu verstehen welche Macht
dir dies verleiht. Sobald du fühlst was sie nicht kann
wirst du steigen empor und retten dieses wilde
Wesen vor dem dunklen Schwur".

Das Licht geht aus; der Vorhang schließt sich

Szene 4

**Die Götter betreten nacheinander die Bühne; Sie
wirken aufgebracht**

Der Gott der Sonne: „ Lasst uns eingreifen; Nashwa
ist zu weit vom rechten Weg abgekommen; sie
wandert 40 Tage schon durch Wüsten; Meine Kraft
wirkt auf sie ein und lässt sie doppelt büßen; Bald
wird sie nicht mehr weiterkommen und sterben
ganz allein; so steht es nicht geschrieben; es darf so
nicht passieren; so soll es nicht sein".

Die Göttin des Mondes: „Des Nachts wenn ich sie
schlafen seh, ich streichel sie ganz sacht; doch
Luzifer er schickt ihr böse Träume; treibt sie in den
Wahnsinn; sie fantasiert schon vor sich hin; das
arme Erdenkind"

Die Erdgöttin: „Wir wussten einst es würde so kommen doch seht hin und ganz genau; meine Erde sie versinkt im Leid; keiner der Menschen weiß noch ein, noch aus. Luzifer, er darf nicht siegen, zu groß ist die Gefahr; wir müssen die beiden zueinander bringen nur dann wird es ihnen klar".

Der Gott der Luft: „Ich werd dich kühlen Nashwa und du *zeigt auf die Wassergöttin* benetz sie sacht".

Die Wassergöttin: „So wird's gemacht; sie darf nicht sterben; das kleine Erdenkind; Sie muss das Heil der Welt noch werden damit sie sich besinnt. So steht´s geschrieben im Alten Buch; so und nicht anders soll es sein"

Alle Götter: „Das Gefühl und die Vernunft vereint werden bringen dieses Heil".

Der Vorhang geht zu; Es ertönen Vogelstimmen; Das Rascheln der Blätter im Wind ist zu hören; Langsam geht der Vorhang auf; Horatio ist in seinem Garten; Er steht zwischen zwei Apfelbäumen.

Horatio: „ Wo ist sie nur? Welch´ dumme Frage, es hat mich nicht zu interessieren! *(Schreit)* Ich kann ihr Wesen nicht ertragen; Ich ertrage kaum mich selbst;

Während ich hier nichts tuend stehe bemerke ich, wie mein Verstand zerfällt. *(wieder leiser)* All die Geister dieser Welt ich möchte sie verdammen, sie kamen mit ihr, ein Auf und Ab; schier eine geist´ge Plage. Warum nur Vater schufst du mich? Ich kann dir nicht entsprechen; die ew´ge Torheit spaltet mich lässt mich nicht mehr schlafen; Sie stand vor mir so klein und dumm und doch mir überlegen; sprach von Liebe und Gefühl; von Götzen und vom Beten; nichts was sie sagte war mir unbekannt und doch war alles neu; seitdem, da dreht sich meine Welt; kaum etwas kann mich noch erfreuen. *Schreit lauter gen Himmel* Verflucht seist du oh Nashwa; verflucht seist du denn diese Pein ist deine Schuld – deine allein".

Malitiae die Schlange des Luzifer betritt die Bühne; Sie umkreist Horatio

Malitiae: „Horatio du schöner Mann"

Horatio: *gepresst* „Du widerliche Kreatur"

Malitiae: *singend* „Na wo sind deine Manieren; der Meister persönlich schickt mich zu dir. Fürchte dich nicht, ich verkünde dir heute eine große Freude" *lacht grausam*

Horatio: „Es gibt nichts auf dieser Welt was mir beliebt zu hören aus deinem dreck´gen Sündenmaul"

Malitiae zischt, schnappt nach ihm; Horatio weicht aus

Malitiae: „Wage es nicht noch einmal hier du einfältiger Hund; was ich ich dir werde sagen nun, ist überall schon Kund. Dein kleines Weiblein, das du nicht willst, sie geht dem rechten Wege ab; mein Meister nahm sie in den Arm und trug sie selbst hinab; die Stufen in die Unterwelt; wo sie sich ihm gab hin; Ihr Herz wird baden im schwarzen See; ein wahrlicher Gewinn; für den Meister"

Horatio: *außer sich* „Du lügst du Bosheit in Person; ich kenne sie wahrhaft´ niemals gibt sie sich dem Bösen hin; sie vertraut auf ihre gute Kraft"

Malitiae: „Oh ja stets hat sie vertraut darauf, tagein, tagaus. Doch dann kamst du; Horatio- triebst es aus ihr heraus. All dein Verstand verhalf dir nicht zu erkennen deine Tat; brachtest sie vom rechten Glauben ab; du stürztest sie hinab" *Lacht hämisch; ihr Lachen wird immer lauter*

Ein lauter Gong ertönt und das Licht geht aus; Als das Licht wieder angeht ist es nur auf Horatio gerichtet; Dieser kniet im vorderen Teil der Bühne, zum Publikum gewandt

Horatio: „Was hab ich getan? Was tat ich ihr an? Wo war er, mein Verstand als ich sie trieb zu dieser Tat, sie trieb bis an den Rand? Ich wollte ihr nie wehtun nein, sie ist gar kostbar ja und meine Wut die war doch lediglich ein Mittel der Vernunft; Ich wollte niemals geben zu die Wahrheit ihrer Kund´; Sie hat erkannt was ich nicht sah; den Mittelpunkt der Welt; die Liebe als allmächtige Kraft die dich und mich und alles stets zusammenhält; Ich erkenn es nun, ist es zu spät? Wo lauert die Gefahr? Ich weiß es jetzt, ich weiß es jetzt. Ich habe es erkannt. Du und ich wir brauchen stets des anderen Gewand; die Vollkommenheit man nur erreicht wenn beide sind vereint; Vernunft und Liebe brauchen sich denn sie sind immer eins. Du wildes Wesen Nashwa wo immer du magst sein; Ich reiche dir bald meine Hand, dann sind wir zwei vereint; Gemeinsam nur wird es vollbracht; das Seelenheil der Welt; du bist die Muse, die ich nicht hatt` doch so steht es geschrieben; Der Baum der Erkenntnis, die Sünde der Welt hat die Liebe doch nicht vertrieben".

Horatio steht auf und verlässt schnellen Schrittes
die Bühne; der Vorhang geht zu

Die Bühne wird in schwaches Licht getaucht; Aus
dem Off ertönt das Heulen des Windes; Langsam
geht der Vorhang auf; Nashwa schleppt sich an den
Rand der Bühne; Im Hintergrund sind Sanddünen zu
sehen; sie fällt in sich zusammen und liegt auf dem
Bühnenrand, gerade so, dass sie nicht herunterfällt

Nashwa: *flüstert* „Wo bin ich hier? Am Rand der
Welt? Wohin hat er mich geschickt? Oh Luzifer
warum nur überlässt du mich den Kräften der Natur
so arg, dass ich ihnen nicht werde Herr; meine
Knochen, meine Lunge sie brennen so stark; Ich
kann die Engel singen hören; Horatio wo bist du
nur? Ich wandere umher; der dunkle Schwur
erscheint mir nun das Falsche immer mehr; was hab
ich getan? Ich dummes Weib! Und wie du hattest
Recht; ich denke nicht; bin ein Nichts; die Torheit in
Person; Welch Narr ich war; verführt durch Macht;
durch dunkle Träume nun; hätte ich nur auf dich
gehört so wär mir dieses Leid erspart; Ihr Götter
könnt ihr mich denn hören? Ich kam vom rechten
Wege ab; ich wollt´ dem Guten schwören ab; Das
Böse treibt mich nun ins Grab – so hab´ ichs wohl

verdient. Hinfort mit meiner schwarzen Seele;
Hinfort"

Nashwa wird ohnmächtig; während sie daliegt,
tritt der Chor der Liebenden auf die Bühne.
Während dieser singt, kommen nacheinander die
Götter zu Nashwa, jeder gibt ihr etwas von seiner
Kraft; sie waschen sie und legen ihr ein weißes
Kleid an; gehen wieder ab.

Der Chor der Liebenden: „ Das Kind der Liebe in
Unvollkommenheit; so liegt sie da in ihrem Leid; es
ist gewiss, so stets geschrieben sie wird überleben;
Die Götter vereint lösen ihren dunklen Schwur. Sie
ward stets gut nun ist sie nur; ein Wesen aus Fleisch
und Blut wie ich und du; vollkommen wird sie nur
durch Horatio; er sucht sie und findet die Antwort
ganz gewiss´; Vereint heilen sie die Wunde dieser
Welt; Oh Nashwa du Kind dieser Liebe die dich hat
gemacht; sie hat nie gesehen welch´ Wunder sie
vollbracht. Das lebende Gegenstück zu ihres
Liebsten Sohn hat sie erschaffen; es wartet der
Thron; der Erde für euch zwei ward er immer
gemacht nun steht sie bevor - die allerjüngste
Nacht. Vereint heilen sie die Wunde dieser alten
Welt; Oh Nashwa du Kind dieser Liebe die dich hat
gemacht; sie hat nie gesehen welch´ Wunder sie

vollbracht. Das lebende Gegenstück zu ihres Liebsten Sohn; es wartet der Thron; der Erde für euch zwei ward er immer gemacht nun steht sie bevor - die allerjüngste Nacht".

Der Chor verstimmt; Nashwa erwacht

Nashwa: „ Es scheint mir, als hätten die Götter mich heute hier geküsst. Mir war noch nie so klar. Mein Geist; was hab´ ich stets vermisst als ich so töricht war. Horatio ich bin die dein´ von heut auf ewiglich. *Schreit gen Himmel* Ohne Vernunft kann ich nicht sein; die Erde dreht sich nicht wenn ich ihr sage ganz allein du hast dich nun zu drehen doch du und ich; vereint; wir können sie bewegen".

Die Bühne wird in weißen Rauch gehüllt; Luzifers Lachen ertönt; der Vorhang geht zu

Szene 5

Horatio steht im Tempel der Sonne seiner Gottheit gegenüber

Horatio: „Du sagst er hat sie und hält sie gefangen? Ich muss zu ihr; ganz geschwind; bereite mir dein Unterfangen sodass ich hilfreich bin"

Der Gott der Sonne: „ Mein Schwert sei deines nun, mein Sohn, benutz es mit Bedacht; ein einz´ger Schlag sei dir vergönnt in dieser heiklen Nacht".

Horatio: „So werd ich´s tun; Ich besiege ihn; den Teufel in Person; Ich will sie retten; Ich eil´ ihr zur Seit´ ; heut und in alle Ewigkeit; denn nun weiß ich, was sie nicht weiß; durch die Liebe wird der Verstand so leis und doch ist er da bei jedem Schritt, in jedem wicht´gen Augenblick. Ein Zusammenspiel der schönsten Töne; ein jeder gibt das, was er kann und schätzt der eine des anderen wahrhaftig so ist sie gebannt, all die Gefahr".

Der Gott der Sonne: „Nimm meine Kraft als Antrieb an und lass dich davon tragen du findest sie noch heute Nacht – die Antwort aller Fragen"

Elske und Hugu betreten Hand in Hand den Tempel, sie gehen auf Horatio zu

Hugu: „Mein Sohn. Voll Stolz blick ich dich an; du hast es fast vollbracht; was ich dir nicht mehr geben konnt´ hast du allein geschafft. Hol sie dir, deine Gefährtin; dein Licht; das Gefühl dieser Welt denn nur du und sie ihr seid vereint; das was sie zusammenhält"

Elske: „Nimm ihre Hand und sprich den Schwur, der alt ist, wie die Zeit; Und tropft das Blut aus ihrem Herz, ist sie auf ewig dein"

Horatio: „ Das Blut? Wovon sprecht ihr? Ich rette sie, die mein´; ein jeder Tropfen Blut heut Nacht wird Luzifers nur sein".

Elske und Hugo: „Sei stark im Kampf und dann noch stärker; denn nur so kann es sein".

Hugu: „Sei stark, sei stark, sei stark mein Sohn; der Ritter dieser Zeit".

Horatio nickt; verneigt sich vor den beiden und verlässt schnellen Schrittes die Bühne, das Schwert fest in seiner Hand.

Szene 6

Der Vorhang geht auf; die Bühne ist in rotes Licht getaucht; Nashwa ist in Ketten gelegt; Der Chor der Untoten steht um sie herum

 Chor: „ Das dumme Mädchen ist gefangen; Der Herr und Meister hat´s vollbracht; die Herzen beider sind ihm sicher: Er geht als Sieger aus dieser Schlacht; Oh Nashwa du Tochter der Liebe wo ist sie nun in dieser Nacht; verdammt bist du; du wirst heut sterben; Hörst du denn nicht wie Luzifer schon lacht

Der Chor verstimmt; Luzifers grauenvolles Lachen ist zu hören; Er betritt die Bühne

Luzifer: *lacht hämisch* „Die Welt zerbricht oh welche Freud´; schon bald ist es vollbracht: Sie kann nicht aus; Sie ist verdammt in dieser heil ´gen Nacht; Ihr Herz ist mein; die Erde brennt; Die Illusion, sie fällt; Es trügt nicht mehr der Schein. Der Untergang der Welt"

Chor: „Die Welt zerbricht oh welche Freud´; schon bald ist es vollbracht: Sie kann nicht aus; Sie ist verdammt in dieser heil ´gen Nacht; Ihr Herz ist mein; die Erde brennt; Die Illusion, sie fällt; Es trügt nicht mehr der Schein. Der Untergang der Welt"

Luzifer: „Die neue Welt soll kommen, es liegt in meiner Hand"

Horatio stürmt die Bühne

Horatio: „Dein Glück sei nun zerronnen – ich trage hier die Macht" *hebt sein Schwert*

Luzifer: „Die Macht ist mein du töricht´ Kind – hast du es nicht erkannt? Mein Aufstieg ist bereits geschehen als du geboren du unvollständige Kreatur; dein dummes Weib´ steht ohnehin schon unter meinem Schwur".

Nashaw: *an Horatio gewandt* „ Ich kann's vollbringen; Mein Leben geben heut und hier für dich; du sollst erblühen aus meinem Grab; steig nun empor für ewiglich; Man gebe dir die Macht; für das zu stehen; was ich nicht kann für Liebe und Verstand von heut in alle Ewigkeit – Ihr Götter, haltet euch bereit".

Horatio: „ Du stirbst nicht liebste Nashaw; Ich trage dich hinaus; dieses Verlies ist deiner nicht würdig; du gehst mit mir hinauf".

Nashaw: „Du und ich; Es gibt uns nicht; wahrhaftig; sei bereit; nur du allein wagst zu verstehen was den Menschen der Erde die allmächtige Kraft verleiht. Du trägst in dir die Saat des Glücks; die Liebe ewiglich; Vernunft sie leitet nun vollkommen – das lerntest du durch mich; Ich bin bereit für dich zu gehen; die Erde sonst zerfällt; Ich rette dich und sie vereint denn mein Untergang ist frei gewählt".

Luzifer: „ Genug; ich kann euer Geschwätz nicht mehr hören; des einen Freud, des andern Leid; mich solls nicht stören; stirbt sie, stirbst du; ihr beide heut werdet es nicht überleben; Unter meiner dunklen Hand die Erde wird sich heben *Lacht bedrohlich und wendet sich Nashwa zu* Du sollst nun die erste sein; dein Herz, gehört nur mir"

macht einen Schritt auf Nashwa zu

Horatio geht darauf hin einen Schritt auf Luzifer zu; holt mit dem Schwert aus; Nashwa an Luzifers Seite; Die Klinge durchbohrt ihr Herz; Sie sinkt zu Boden; Horatio hält sie in seinen Armen; Das Licht geht aus; Der Vorhang schließt sich

Szene 7

Horatio steht an Nashwas Grab; Sein Kopf ist gesenkt;

Horatio: Du bist gegangen, nur für mich? Um mir das Licht zu geben; Hab´ ich es denn verdient? Für dich will ich nun weiter leben so wie du es hättest verdient. Im Einklang meiner zweier Herzen, sie schlagen nun in meiner Brust; Es wär niemals so weit gekommen, hätt´ ich so vieles so viel früher schon gewusst" *Das Licht wird gedimmt*

Aurelia schreitet auf die Bühne; sie bleibt in der Mitte der Bühne stehen; wendet sich dem Publikum zu; Ein einzelner Spot ist auf sie gerichtet

Aurelia: „So hörte ein jeder nun die Geschichte eines Kampfes den jeder kennt, der so alt ist wie diese Welt; so jung wie das Morgenrot und mit jedem neuen Tag wieder steht und fällt. Ein jeder Mensch auf dieser Erde muss für sich finden die Einheit des Verstandes und des Glücks; die Liebe ist die Kraft des Himmels, die stets das Gute bringt zurück. Es ist nicht schwarz, nicht weiß, nicht einfach; Es ist nicht immer was es scheint. In jedem hier, in dir und mir ist diese Ewigkeit vereint; Sie spaltet sich und es scheint ständig als käm der Teufel gar zurück; ein ewiger Strudel unvergänglich; das Licht bringt Einigkeit zurück; Hör in dich hinein, zu jeder Stund; Hör wer du warst, bist und wirst sein; Verlier den Glauben nie ans Gute und du wirst stets verbunden sein"

Horatio tritt neben Aurelia nimmt ihre Hand und führt sie an sein Herz; mit ihrer Hand auf seinem Herzen stehen sie sich gegenüber; das Licht geht aus.

~ Ende

Ich schrieb dieses Stück während ich noch dachte,
ich sei in Martin verliebt. Wahrhaftig stellt es jedoch
das Problem dar, welches mir bei Richard sofort
aufgefallen war. Diese Diskrepanz zwischen dem
Gefühl und dem Verstand – das Funktionieren nur
durch die Ratio, völlig ohne Gefühl. Er wirkte auf
mich allzu oft gar unmenschlich. Vielleicht empfand
er sich selbst auch zuweilen so denn er sagte nicht
nur einmal zu mir: „Dieses ganze Drama, das du
immer machst, diese vielen Gefühle, deine
Schwächen und Fehler, die du jedem erzählst – das
alles macht dich nicht verletzlich oder zeugt von zu
geringem Stolz – es macht dich so unglaublich
menschlich. Würde mich jemand fragen, was für
mich die Definition von Menschlichkeit ist, so würde
ich nur deinen Namen nennen". Warum empfand er
mich als so menschlich, nur weil ich Gefühle zeigen
konnte? Ich habe immer wieder überlegt, ob er wohl
sich selbst tatsächlich als unmenschlich betrachtet.
In der letzten Phase unserer Beziehung, der
Entwertung, hat er mir allzu deutlich gezeigt, dass er
dazu im Stande sein kann, jene menschliche
Gefühlsregung, die uns als solche ausmacht,
vollständig zu unterdrücken. Die Empathie.

Er war vermutlich ebenso wie ich ein Opfer, und zwar das Opfer seiner Kindheit. Seine Störung, die mir immer bewusster wurde, ist lediglich die Reaktion auf einen Missbrauch. Laut seinen Erzählungen über seine Mutter trägt auch sie wesentliche Merkmale für eine narzisstisch geprägte Persönlichkeit in sich. Ist ein oder beide Elternteile narzisstisch, besteht eine hohe Wahrscheinlichkeit, dass das Kind zum Schutz narzisstische Züge aufbaut, etwa bei ständiger negativer Kritik. Er erzählte mir immer wieder, dass niemand es seiner Mutter recht machen konnte. Er schilderte die grausamsten Situationen in welchen sie ihn niedermachte, jeden seiner Schritte kritisierte und die Angst, die er damals empfand. Irgendwann wurde mir klar, dass seine größte Angst die war, so wie seine Mutter zu sein. Er hasste sie. Ich versuchte ihm zu erklären, dass nicht immer alles an unseren Eltern schlecht ist und dass er sicherlich auch viele positive Aspekte durch sie erhalten hatte.

Ich bemerkte nicht wie er begann, eine Wut auf mich zu kultivieren, die mir den Boden unter den Füßen wegziehen würde. Zwischendurch erzählte er mir immer wieder von seiner Therapeutin und ich bekam ein falsches Bild von ihm. Er erklärte mir oft, dass es ihn fertig mache, dass er nicht so emphatisch sei und Gefühle so schwer wahrnehmen könne. Seine Schilderungen wirkten auf mich doch sehr reflektiert und ich begann zu glauben, dass er es schaffen könne, seine Defizite aufzuarbeiten. Ich wollte ihm dabei helfen. Mittlerweile wusste er bereits, dass ich ihn liebte und er hatte mir gesagt, dass auch er mich irgendwie liebte – daran erinnere ich mich nicht gerne. Es tut nach wie vor weh, obwohl ich weiß, dass es nur inszeniert war. Er sprach immer wieder von diesem Ekel, den er empfand, wenn er daran dachte, dass er Menschen ausnützen könnte und selbstsüchtig wäre. Die Tatsache, dass ich bemerkt habe, dass er sich immer wieder vor sich selbst ekelte und gegen gewisse Mechanismen ankämpfte, ließ mich darauf schließen, dass er „geheilt" werden kann, sich selbst „heilen" wird. Ich war davon überzeugt, dass er diese Kraft in sich tragen würde und eines Tages schaffen könnte, sich selbst anzunehmen, sich selbst zu lieben.

Wir waren bei einer Jazznacht. Zur Stadt in der wir waren, gehört die längste Burg Europas. Wir sind auf der Burg oben spazieren gegangen, dort stand ein riesengroßer Magnolienbaum mit noch lauter geschlossenen Blüten und es war Nacht, schummrig beleuchtet und dann haben wir beide in diesen Baum geschaut und er sagte: „Dieser Baum ist wie das Sinnbild menschlicher Gedanken, wie ein Gehirn. Jeder Ast ist ein Gedankenstrom und jeder Zweig ein weiterer Gedanke und jede Blüte ein Mensch oder ein Ding das zu dem Gedankenstrom dazu gehört". Er hat sehr oft so schöne Dinge

gesagt. Ich kann eigentlich gar nicht fassen, dass
man dies alles spielen kann. Es war nicht echt. Ich
darf nicht weiterhin daran glauben, dass es echt
gewesen sein könnte. Ich bedeute ihm nichts. Ich
habe ihm niemals irgendetwas bedeutet. Niemand
bedeutet ihm etwas. Er selbst bedeutet sich nichts.

Schließlich beschloss Richard, dass er den Jakobsweg
gehen würde. Ich hielt dies für keine gute Idee, denn
es erschien mir eher eine Art Flucht zu sein als eine
Suche nach sich selbst. Ich merkte dies auch an, half
ihm jedoch bei seinen Vorbereitungen.

Je mehr Zeit ich mit Richard verbrachte umso
schwieriger wurde mein Verhältnis zu Jean. Wir
waren bereits seit über einem Jahr getrennt doch er
hatte sich noch immer nicht damit abgefunden. Ich
bat ihn regelmäßig aus der gemeinsamen Wohnung
auszuziehen. Er blieb. Meine Freundschaft mit
Richard trieb ihn zur Weißglut. Immer häufiger
packte er mich zu fest, schrie mich an, drohte mir.
Ich wollte frei sein. Frei von meiner Vergangenheit.
Frei von ihm.

Ich war 16, wollte loskommen von meinen Eltern.
Ich wusste, dass ich dies nur schaffen könne, wenn
ich sie unglaublich enttäuschen würde – mehr als
jemals zuvor. Jean gab mir Halt, er war sehr
dominant, älter als ich. Ich wollte ein Baby mit ihm
bekommen. Im Februar 2007 kamen wir zusammen,

im Mai 2008 kam unser Sohn zur Welt. Wir hatten kein Geld, meine Mutter hatte mich rausgeworfen, später bestritt sie natürlich, dass dies jemals geschehen sei, wir kannten uns nicht gut, Jean war Student – mein Leben war noch immer nicht so, wie ich es mir vorgestellt hatte. Meinen Sohn liebte ich vom ersten Moment an. Seine Geburt war schwierig gewesen, ich lag lange in den Wehen, nichts ging voran. Nach über 48 Stunden kam er schließlich zur Welt. Er war so unglaublich schön.

Ja! Ein göttlich Wesen ist das Kind,
solang es nicht in die Chamäleonsfarbe der
Menschen getaucht ist.
Es ist ganz, was es ist, und darum ist es so schön.
Der Zwang des Gesetzes und des Schicksals betastet
es nicht; im Kind ist Freiheit allein.
In ihm ist Frieden; es ist noch mit sich selber nicht
zerfallen.
Reichtum ist in ihm; es kennt sein Herz, die
Dürftigkeit des Lebens nicht.
Es ist unsterblich, denn es weiß vom Tode nichts.
Friedrich Hölderlin

Unser Sohn wuchs rasch heran, war unkompliziert und ich liebte ihn mit jedem Tag mehr. Meine Mutter war ganz vernarrt in ihr Enkelkind und nahm sich sehr viel heraus. Zu meinem Vater hatte ich den

Kontakt komplett abgebrochen. In den nächsten
Jahren beendete ich die Realschule mit einer guten
mittleren Reife, wurde Kinderpflegerin, nahm eine
Stellung im Waldorfkindergarten an und begann
eine Weiterbildung zur Waldorferzieherin. Jean
hatte sein Studium beendet und nahm eine Stellung
als Ingenieur im Osten Deutschlands an. Er besuchte
uns regelmäßig an den Wochenenden.

Im Mai 2012 kam unsere Tochter zur Welt. Ein
kleines Mädchen mit einem starken Willen.

*Denn wir können die Kinder nach unserem Sinn nicht
formen.
So wie Gott sie uns gab, so muss man sie haben und
lieben.
Sie erziehen auf's Beste und jeglichen lassen
gewähren,
denn der eine hat die, der andere andere Gaben.
Jeder braucht sie und jeder ist doch nur auf eigene
Weise gut und glücklich.*
Johann Wolfgang von Goethe

Ihre Geburt war ganz anders, als die ihres Bruders.
Kraftvoller, schneller und dramatischer. Ihr
Köpfchen blieb stecken. Ich hatte unglaubliche
Schmerzen. Sie wurde schließlich per

Notkaiserschnitt entbunden. Ich erholte mich nur langsam, bekam eine postnatale Depression. Ich arbeitete schon nach wenigen Wochen wieder im Kindergarten, hatte meine Tochter dabei. Ich war nie ohne sie. Gab ihr die Brust bis sie schon fast zwei Jahre alt war. In der Zwischenzeit hatte Jean eine Stellung hier in der Gegend gefunden. Wir zogen zusammen. Es wurde immer spürbarer, dass unsere Beziehung keine Chance hatte. Ich würde erwachsen, er konnte mich nicht mehr lenken, nicht mehr manipulieren. Ich hatte meine eigene Meinung. Der Altersunterschied und auch kulturelle Differenzen erschwerten unsere Kommunikation. Wir stritten fast nur noch. Wenn er nicht mehr weiter wusste, schlug er mich. Ich ließ dies über mich ergehen, war es ja doch nichts, was ich nicht schon zur Genüge kannte. Aals er mich fragte, ob ich seine Frau werden wolle, bekam ich Panik. Praktisch über Nacht kündigte ich meinen Job und fuhr mit den Kindern nach Frankreich um mir eine Auszeit zu nehmen.

In meiner Zeit dort, entstanden die ersten Kapitel für mein allererstes Buch.

1

*Lia Pénélope Moreau stand in ihrem winzig kleinen
Badezimmer in Vitry-sur-Seine, einem südlichen
Pariser Vorort. Es war vier Uhr morgens. Sie spritzte
sich eiskaltes Wasser ins Gesicht, trocknete es mit
einem unangenehm rauen, löchrigen Handtuch ab
und betrachtete ihr Spiegelbild. Ihr Gesicht war
aufgedunsen, unter ihren viel zu großen,
froschgrünen Augen zeichneten sich bläulich dunkle,
lilafarbene Schatten ab. Ihre kleine, knubbelige Nase
war rot und geschwollen, ihre hohen
Wangenknochen rötlich gefleckt. Die kleinen,
rundlichen Lippen, die sie sonst durchaus ganz gut
leiden konnte, waren spröde und aufgerissen. Lias
dunkelbraune Haare wirkten am Ansatz leicht fettig
und standen ab den Ohren in wilden, unzähmbaren
Locken von ihrem Kopf ab. Sie bot wahrlich keinen
schönen Anblick.*

*Vor fast zehn Jahren war sie von zu Hause, einem
kleinen Dorf am Plateau de Millevaches, weg nach
Paris gegangen um dort Schauspiel zu studieren und
natürlich wie jedes junge Mädchen in ihrem Alter,
vor Allem um berühmt zu werden. Sie hatte so viel
Vertrautes hinter sich gelassen. Ihre Freunde, ihre
Familie und vor allem, Marcel. Lia spürte bei dieser
Erinnerung einen kurzen Stich in ihrem Herzen und
blinzelte den Schmerz schnell weg. Damals hatte sie*

das Gefühl, die Großstadt würde unentwegt nach ihr rufen, an ihr zerren und sie wäre geschaffen für die Pariser Bühnen, würde diese im Sturm erobern und den Lebensstil der Bohème annehmen, wie es sich eben für eine wirklich ernstzunehmende Künstlerin gehörte. Dies sollte ihre Bestimmung sein. Dieser Bestimmung wollte sie nachgehen, ungeachtet der berechtigten Einwände ihrer Freunde und ihrer Familie.

Lia vertrat stets die Überzeugung, sie ward am falschen Ort aufgewachsen. Sie kam in den ersten Jahren ihres Lebens sehr viel herum, zu viel. Ihre Mutter war Puppenspielerin und sie reisten beinahe täglich in eine neue Stadt. Dies ging natürlich nicht spurlos an dem kleinen Mädchen vorbei, sie wurde schnell selbstständig, war unkompliziert, offen jedoch auch völlig grenzenlos. Ihre noch junge Mutter, Anaïs war völlig überfordert mit dem starken Charakter ihrer Kleinen und überhaupt nicht in der Lage, sie zu zähmen, ihr Grenzen aufzuzeigen. Geldsorgen trieben sie von einem Auftritt zum nächsten, der Illusion folgend, dass der ganz große Durchbruch nicht mehr lange auf sich warten ließ. Als Mutter und Tochter jedoch eines Nachts nach Wochen auf wieder erfolgloser Tournee zurück in ihr kleines, schäbiges und vor Allem maßlos

überteuertes Appartement in Bordeaux in der Rue de
mirail kamen, und Anaïs mit Schrecken feststellen
musste, dass ihr nun Wasser und Strom abgestellt
wurden, traf sie die für sie in diesem Moment einzig
richtig erscheinende Entscheidung. Sie packte ihre
kleine Tochter ins Auto und fuhr los.

Lia war gerade einmal vier Jahre alt gewesen, als
ihre Mutter sie bei ihren Großeltern Mathilde und
Antoine ablud. Sie war kein Wunschkind das wusste
sie, ihre Mutter liebte sie damals jedoch von ganzem
Herzen. Und Lia vergötterte ihre Mutter. Sie war eine
kleine, zierliche Gestalt mit langen,
karamellfarbenen Haaren, großen moosgrünen
Augen und einem hellen, ansteckenden Lachen. Lia
nannte ihre Mutter sehr oft eine Feenkönigin.
Anaïs war eine Träumerin durch und durch. Sie lebte
fernab jeglicher Realität, war unorganisiert,
stolperte von einem Unglück ins nächste und hatte
ein Händchen für unausgeglichene Beziehungen mit
Männern, die sie nicht zu schätzen wussten. Aber sie
liebte ihre Tochter und nach vier Jahren, in denen sie
sich mit ihr durchs Leben gekämpft hatte, musste
Anaïs sich schließlich eingestehen, dass sie versagt
hatte und dass es für Lia schon von Anfang an das

*Beste gewesen wäre, bei ihren Großeltern
aufzuwachsen. Sie gab auf.*

*Es war eine milde Herbstnacht, als Anaïs ihre kleine
Tochter schlafend ihrer Großmutter übergab und
ging, ohne sich noch einmal umzudrehen. Sie stieg in
ihren klapprigen, roten Peugeot und fuhr davon.
Anfangs sah Lia ihre Mutter zwar regelmäßig aber in
den darauffolgenden Jahren gab es nur noch wenige,
sporadische Treffen. Anaïs hatte wie durch ein
Wunder nur wenige Wochen, nachdem sie Lia
abgegeben hatte, eine feste Anstellung im Theater in
Bordeaux bekommen. Ihre Geldsorgen waren auch
dadurch, dass sie nun allein war bedeutend geringer
und sie konnte sich mit dem regelmäßigen
Einkommen ein bescheidenes aber gutes Leben
ermöglichen.*

*Lia redete sich ein, ihre Maman sei eine Feenkönigin
und müsse sich um das Feenreich kümmern. Sie
glaubte fest daran, dass Anaïs sie zurückholen
würde. Ihren Großeltern, die versuchten, sie davor zu
beschützen von ihr enttäuscht zu werden, wollte sie
nie so recht glauben schenken. Als sie 11 Jahre alt
war aber heiratete ihre Mutter einen älteren
Unternehmer aus Marseille und zog mit ihm in die
Metropole. Sie hatte sich nicht einmal richtig von Lia
verabschiedet sondern toujours von dem großen*

Anwesen, in dem sie nun mit ihrem wundervollen
Mann leben würde, gesprochen. Von diesem Tag an
war der Zauber um ihre Mutter verflogen und Lia sah
die Welt wie sie wirklich war. Beim Gedanken an
diesen Tag musste Lia abermals schlucken.
Ihre Großeltern waren ganz wunderbare Menschen
und erzogen ihre einzige Enkelin mit liebevoller
Strenge. Sie schafften es nur niemals ganz, Lia über
die bittere Erfahrung, dass ihrer Mutter ihr eigenes
Leben, ihr eigenes Glück letztendlich wichtiger war
als das ihrer Tochter, hinwegtrösten.
Als Lia ihren Großeltern schließlich mit 18 eröffnete,
sie wolle nach Paris gehen äußerten sie zwar
zahlreiche Bedenken, legten ihr jedoch keine Steine
in den Weg. Und so war Lia mit 18 aufgebrochen in
die Stadt, von der sie glaubte, ihr Glück
bereitzuhalten.

Dies war nun fast zehn Jahre her, und Lia war heute eine bald 28 Jährige, mittellose, drittklassige Theaterschauspielerin, die einige fürchterliche Beziehungen hinter sich hatte, die letzte davon mit einem verheirateten Mann und dreifachem Vater, der ihr vorgegaukelt hatte, sie sei seine große Liebe und die Mutter seiner zukünftigen Kinder. Sie hatte nicht viel von ihrer Mutter aber deren Hang zu träumen ward ihr scheinbar in die Wiege gelegt. Sie starrte auf ihre hässlichen Augenringe und seufzte. Anfangs, war alles ziemlich gut gelaufen. Sie hatte das dafür nötige Talent und eine gesunde Portion Ehrgeiz um auf dem Conservatoire national supérieur d'art dramatique angenommen zu werden. Dadurch, dass ihre Großeltern ihr ein wirklich großzügiges Startkapital mitgegeben hatten und sie schnell einen Job in einer kleinen Boulangerie fand, hatte sie keine Geldsorgen und konnte das Stadtleben in vollen Zügen genießen. Sie lebte in einer Wohngemeinschaft im Quartier Latin mit anderen Studenten zusammen und hatte das Gefühl, ein wahrlich perfektes Leben zu führen. Nach ihrem Abschluss bekam sie eine Anstellung am Théâtre national de Chaillot, etwas wovon jede junge Theaterschauspielerin nur träumen konnte. Sie spielte ein Jahr lang die Rolle der Aurelié in einem postmodernen Stück über die Zeit der französischen Revolution. In dieser Zeit nahm sie sich auch endlich ein eigenes Appartement in Montmartre. Lia war endlich angekommen und konnte das Leben führen, von dem sie immer geträumt hatte. Sie besuchte ihre Großeltern alle paar Monate für einige Tage und das Landleben kam ihr in dieser Zeit so unwichtig und unbedeutend vor, dass sie sich fast schon schämte aus dem Corrèze zu stammen.

Lia cremte ihr Gesicht sparsam mit einer teuren Tagescreme ein, eines der wenigen Dinge, auf die sie auf keinen Fall verzichten wollte und ging in ihren kleinen aber gemütlichen Salon, setzte sich auf die Couch und zündete sich eine Zigarette an. Sie rauchte nicht regelmäßig aber in ihren schwachen Momenten waren Zigaretten ihr Laster.

Nachdem Lia mit ihrer ersten Theaterrolle große Erfolge feiern konnte, war sie ein Art Geheimtipp in der Szene geworden und bekam vielfältige Angebote. Nach einem Jahr als Aurélie, wurde sie für einen Kinofilm mit Danny Boon gecastet, es handelte sich lediglich um eine ganz kurze Szene als Kellnerin aber Lia war davon überzeugt, dass dies ihr Durchbruch sein würde. Sie beendete ihr Wirken am

Theater. Sie legte all ihr Herzblut in diese kleine Filmrolle. Schließlich wurden ihre Szene und der darin enthaltene Dialog so stark verkürzt, dass sie lediglich nur ein paar Sekunden zu sehen war. Ab diesem Zeitpunkt ging es bergab mir ihrer Karriere. So schnell der Erfolg kam, so schnell war er wieder vorbei. Sie ging zu etlichen Vorsprechen und konnte sich mit kleineren Theaterrollen über Wasser halten, bekam jedoch keine neue Festanstellung und konnte es sich schließlich nicht einmal mehr leisten, die Provision an ihre Vermittlungsagentur abzugeben, sodass sie sich selbst vertreten musste. Lia hatte sich bis zu diesem Zeitpunkt nie Gedanken darüber gemacht, Geld anzusparen und ihr doch relativ ausschweifender Lebensstil hatte tiefe Krater in ihrem Bankkonto hinterlassen. Schließlich blieb ihr nichts anderes übrig, sie musste sich ein kleines bezahlbares Appartement suchen, ihre Taschen, Schuhe und Kunstgegenstände, die sie unachtsam gekauft hatte, verkaufen und sich einen geregelten Job suchen. So war sie hier in Vitry-sur-Seine gelandet. Sie bewohnte eine 32 m² Wohnung mit Flohmarktmöbeln im vierten Stockwerk eines Sozialbaus. Aber Lia hatte sich nie bemitleidet, sie war zwar grundsätzlich eine Träumerin wie ihre Mutter, hatte die Realität jedoch stets im

Augenwinkel behalten können. Sie hatte ihre neuen, bescheidenen Lebensumstände zu schätzen gelernt und mochte ihren neuen Job in einer Schulküche hier im Quartier zwar nicht besonders gerne aber er erfüllte zumindest seinen Zweck, ihr ein wenn auch niedriges aber regelmäßiges Einkommen zu beschaffen. Lia hatte über die Jahre hinweg gelernt, Freundschaften nun gezielt auszuwählen und zu pflegen und so hatte sie zwar nicht viele aber einige wenige, sehr gute Freunde, auf die sie stets zählen konnte. Was ihr an Vitry-sur-Seine besonders gut gefiel, waren die vielen kleinen Hausboote, die sich entlang der Seine in ihrem Viertel aneinanderreihten. Manchmal ging sie morgens, vor der Arbeit am Fluss entlang und erträumte sich ein Leben in der Ferne mit einem dieser Hausboote.

Mittlerweile aber wusste Lia nur allzu gut, dass das Leben nicht nur aus Träumen bestand und dass die Realität immer härter und dunkler war.
Vor zwei Tagen hatte sie ihren Job verloren. Die Schule musste Budgetkürzungen vornehmen und es hatte sie, als Hilfskraft, als eine der ersten getroffen. Und dann kam schließlich gestern der Anruf, der sie daran erinnerte, wer sie eigentlich war.
Lia nahm einen kräftigen Zug von ihrer Zigarette und drückte sie dann im Aschenbecher aus. Sie hatte in

12 Stunden fast eine Schachtel geraucht. Es war ein trüber Tag gestern und obwohl es bereits Juni war, fror sie draußen in ihrem weiten, roten Stoffkleid mit den weißen Punkten und ihrer dunkelroten Wolljacke. Sie war gerade ein bisschen Obst und Brot einkaufen gewesen und schlenderte an der Seine entlang zurück in ihr Appartement. Als sie die Tür hinter sich geschlossen hatte, klingelte das Telefon. Lia hetzte zum Hörer und fiel fast über ihren Schirmständer als sie das Telefon erreichte und abnahm: „Hallo?".

Ihre grand-mère teilte ihr aufgelöst mit, dass es sehr schlecht um ihren Großvater stand. Antoine kämpfte schon lange gegen die Krankheit an, hatte sich mehr als wacker geschlagen. Nun schien es, als würde er diesen letzten Kampf schließlich verlieren. Lia versprach so schnell wie möglich zu kommen.

Ihre beste Freundin Dounia war sofort zur Stelle.

„Ach Lia, das tut mir so leid! Du musst fahren Schätzchen, sonst wirst du es ewig bereuen" legte sie ihr nahe. Sie redeten bis spät in die Nacht. Sie hatten sich vor einigen Jahren bei einem Gaultier Lagerverkauf kennengelernt. Dounia war fast zehn Jahre älter als sie, glücklich verheiratet und hatte zwei entzückende Töchter. Sie war maghrebinischer Abstammung und mit ihren langen, schwarzen

Locken, der milchkaffebraunen Haut und ihren ausdrucksvollen Augen war sie eine imposante Erscheinung. Sie kaufte Lia ein SNCF Ticket mit ihrer Kreditkarte und machte ihr einen Salbeitee mit viel Zitronensaft und Honig. Lia war ihr unendlich dankbar. Dounia war ihr Engel in dieser Stadt. Sie nahm Lias Zweitschlüssel an sich und versprach ihr, sich um die Wohnung, die Post und alles weitere zu kümmern: „ Mach dir keine Sorgen, jetzt zählt erst einmal nichts".

Weit nach Mitternacht erst machte sie sich auf den Heimweg: „Halt die Ohren steif meine Kleine, küss deine grand-mère und deinen grand-père von mir und ruf an, wenn du angekommen bist", sie drückte Lia fest an sich, so dass diese ihre Tränen unterdrücken musste. Nachdem sie gegangen war, versuchte Lia zu schlafen doch fand einfach keine Ruhe. Kurz vor zwei Uhr morgens weinte sie sich schließlich in einen unruhigen Halbschlaf.

Lia stand von der Couch auf und ging in ihre Schlafnische um sich anzuziehen. Sie wählte eine einfache Jeans, eine hellblau – weiß gestreifte, ärmellose Bluse und einen dunkelblauen Cardigan. Schließlich trug sie noch etwas Make-up, Mascara und einen farblosen Lipgloss auf um die Spuren ihres

Kummers zu überdecken, band ihre Haare zu einem unordentlichen Zopf. Lia überprüfte den Inhalt ihrer dunkelbraunen Lederhandtasche, hängte sich eine Sonnenbrille in den Blusenkragen, zog ihre blauen Mokassins an und machte sich auf den Weg. Sie war kaum in der Lage, ihren wuchtigen, roten Koffer die vier Stockwerke nach unten zu tragen aber anschließend konnte sie ihn einfach hinter sich herziehen, das müsste gehen. Lia lief an der Seine entlang zum kleinen Bahnhof in Vitry-sur-Seine. Sie musste erst bis Paris Austerlitz fahren und von dort ihren Zug nach Limoges nehmen. Dort würde ein Leihwagen auf sie warten, mit dem sie schließlich nach Freyte zu ihren Großeltern fahren würde. Sie beobachtete die aneinandergereihten Hausboote, es begann bereits zu dämmern, heute würde es wärmer werden als die Tage vorher.

In Austerlitz angekommen, kaufte sie sich noch schnell ein Croissant und einen Milchkaffe im Le Pain Quotidien, seit sie vor einigen Jahren in einer der Filialen gejobbt hatte, waren dies ihre liebsten Croissants. Am Bahnhof herrschte bereits großes Treiben. Pünktlich um 5:27 Uhr fuhr ihr Zug nach Limoges ab. Lia hatte ihren Koffer im Gepäckraum an den Glastüren verstaut und sich einen Fensterplatz gesucht. Ihr Abteil war so gut wie leer.

*Ein älteres Ehepaar und ein rundlich aussehender
Geschäftsmann saßen im hinteren Teil. Lia schlupfte
aus ihren Schuhen und setzte sich quer ans Fenster,
sodass sie ihre Beine auf dem Sitz ausstrecken
konnte. Sie rieb sich die Augen.*

*Es war nun fast ein Jahr her, als die das letzte Mal
zum Plateau de Millevaches gefahren war. Ihre
finanzielle Lage hatte regelmäßige Fahrten nicht
zugelassen, ihren Großeltern hatte sie aber lediglich
erzählt, sie müsse arbeiten. Sie hätten ihr ohne Frage
sofort Geld geschickt aber Lia wollte nicht mehr,
dass sie für sie aufkamen. Sie hatten ohnehin zu viel
für sie getan.*

2

*Der Zug fuhr aus der Stadt heraus und lies schließlich
auch die kleinen Vororte hinter sich. Es wurde immer
heller und der Himmel hatte ein sattes Gelborange
angenommen.*

*Lia nahm einen kräftigen Schluck Kaffee und dachte
an ihren Großvater. Er hatte sie immer unterstützt,
egal wie waghalsig und realitätsfern ihre
Vorstellungen auch waren. Wie sie und ihre Mutter
war auch er ein Träumer. Aber auf eine andere Art.
Antoine wurde von allen geschätzt denn er war stets*

gut gelaunt, hatte für jeden ein offenes Ohr und war
in Freyte dafür bekannt, alles reparieren zu können.
In seiner kleinen Werkstatt hatten sich stets die
skurrilsten Dinge gestapelt.

Lia hatte es als Kind geliebt in der Werkstatt zu
sitzen und ihm dabei zuzusehen, wie er einem
verunglückten Rasenmäher neue Reifen verpasste,
die Lederbälle der Dorfkinder flickte und alte
Schubkarren wieder arbeitstauglich machte. Er hatte
oft versucht ihr ein paar Kniffe und Tricks
beizubringen aber Lia war eher unbegabt und sah
ohnehin viel lieber nur zu. Manchmal spielte er mit
ihr Piraten oder Indianer. Er konnte sie stundenlang
in eine andere Welt hineinversetzen und sie erlebten
gemeinsam wunderbare Abenteuer. Lia wusste, dass
ihr grand-père krank war aber sie hatte niemals
daran gedacht, dass er sterben könnte. Sie war zu
sehr mit sich selbst beschäftigt gewesen, um zu
erkennen, dass die Zeit niemanden verschont.
 Eine Träne lief ihr die Wange herunter. Sie wischte
sie schnell weg, riss sich ein Stück Croissant ab und
stopfte es sich in den Mund um diese zu tristen
Gedanken zu vertreiben. Mittlerweile schlug die Uhr
schon acht Uhr. Die Sonne war allmählich vollständig
aufgegangen und es wurde ein heller, warmer Juni-
Tag. Lia beobachtete wie sich die Landschaft vor
ihren Augen langsam veränderte. Längst hatten sie
die dicht bevölkerten Gegenden hinter sich gelassen.
Der Zug passierte weitere Landstriche, Raps und
Sonnenblumenfelder. In der Ferne waren vereinzelt

Häuser zu sehen. Ginster und Heidekraut zierte die Wiesen. Lia wurde immer bewusster, dass sie nun tatsächlich einmal wieder nach Hause fuhr. Der Gedanke brachte sie zum schmunzeln, hatte sie doch vor einigen Jahren noch die Überzeugung vertreten, sie sei ein Mädchen der Großstadt. Mittlerweile konnte sie Paris nicht mehr viel Gutes abverlangen. Sie war genervt von dem Platzmangel, der Anonymität und dem bourgeoisen Lebensstil der Pariser Oberschicht, zu der sie damals unbedingt dazu gehören wollte. Es war bei Weitem nicht das erste Mal, dass Lia überlegte, ob sie zurück nach Freyte gehen sollte.

Das Leben am Plateau de Millevaches war einfach aber schön. Es war eine der am wenigsten bevölkerten Gegenden und Teil eines großen Naturparks. Der Inbegriff des ländlichen Frankreichs. Zurückzugehen würde jedoch bedeuten, dass Lia sich hätte eingestehen müssen, dass sie versagt hatte und dazu war sie definitiv noch nicht bereit. Tief in ihr schlummerte noch immer die Hoffnung, dass sie es doch noch zu etwas bringen würde. Sie bräuchte nur eine größere Rolle um den Stein wieder ins Rollen zu bringen. Bei einem Vorsprechen war sie jedoch einige Monate schon nicht mehr gewesen, sie nahm sich vor dies bei ihrer Rückkehr auf jeden Fall zu ändern.

Die Landschaft wurde immer hügeliger und Lia wusste, dass es nun nicht mehr lange dauern würde. Diese Gegend Frankreichs hieß Limousin und war das am dünnsten besiedelte Gebiet des Landes. Es war aufgeteilt in die Départements Corrèze, Creuse und Haute-Vienne. Limoges war die Hauptstadt von Haute-Vienne. Lia aber kam aus Corrèze. Sie hatte noch eine gute Stunde Autofahrt vor sich. Der Zug fuhr in den Gare des Bénédictins ein und Lia überprüfte den Inhalt ihrer Handtasche, holte ihren Koffer und wartete mit den anderen Fahrgästen an der Ausstiegstür. Der rundliche Geschäftsmann half ihr freundlicherweise, ihren Koffer aus dem Zug zu heben. Sie bedankte sich höflich lächelnd und machte sich dann schnell auf den Weg in die Bahnhofshalle. Es war mittlerweile halb elf. Am Schalter für die Mietwägen zeigte sie ihren Führerschein und Ausweis vor, hinterlegte die Kaution und bekam die Schlüssel. Sie durquerte die große Bahnhofshalle und stapfte hinaus auf den Parkplatz. Es war wirklich warm geworden und Lia zog ihre Strickjacke aus und krempelte ihre Jeans hoch. Sie hatten ihr einen geräumigen Dacia Logan zugewiesen und Lia war froh, dass sie den Koffer ohne Probleme im Kofferraum platzieren konnte. Sie neigte, wie wahrscheinlich viele Frauen grundsätzlich dazu, zu viel einzupacken und als sie gestern auch noch so kurzfristig packen musste und ohnehin nicht mehr denken konnte, hatte sie einfach den größten Koffer, den sie besaß vollgestopft mit allem wovon sie dachte es vielleicht zu brauchen. Lia war lange nicht mehr Auto gefahren doch fand in dem, im Gegensatz zu Paris, entspannten Verkehr Limoges' schnell wieder rein. Sie fuhr aus der Stadt heraus, vorbei an den Porzellan und Emaille Manufakturen für welche die Stadt bekannt war, Richtung Osten. Im Radio lief gerade Joyce Jonathan. Lia summte leise mit. Sie bemerkte, dass sie trotz der Angst um ihren Großvater ruhiger wurde seit ihre Füße den Boden ihrer Heimat betreten hatten.

Das Plateau de Millevaches gehörte zum französischen Zentralmassiv und machte einen wirklich enormen Höhenunterschied innerhalb des Massivs aus. Lias Zuhause war nicht weit, nur etwa eine halbe Stunde mit dem Auto, vom höchsten Punkt, dem Mont Bessou entfernt. Das kleine Dorf Freyte, in dem sie aufgewachsen war hatte hochgeschätzt 20 Einwohner und gehörte zur Gemeinde Saint-Sulpice-les-Bois. Die Landschaft war gezeichnet von satten Koniferenwäldern, vielen Hügeln und großen Felsbrocken und dem Hochmoor, den Tourbière du Longeyroux. Im Sommer konnte man in den Wäldern viele Pfifferlinge sammeln. Lia war oft mit ihrem Großvater in den Kiefernwäldern unterwegs gewesen. Wenn sie einen ordentlichen Korb Pilze nach Hause brachten, machte ihnen ihre grand-mére Tarte aux Girolles, einen köstlichen, herzhaften Pfifferlingkuchen.

Die Straßen wurden langsam schmaler und schlängelten sich entlang satter Weiden auf denen die für diese Gegend typischen Kühe, die Limousins, eine besondere Rasse mit rötlich bis hin zu weizenfarbenem Fell, grasten. Ihre Großeltern hatten früher etwa 15 Stück besessen und Lia hatte oft auf der Weide zwischen den Kühen gespielt. Die Limousins wurden schnell zahm und waren äußerst neugierig. Nachdem ihr Großvater krank geworden war, mussten sie die kleine Herde jedoch verkaufen.

Je näher Lia ihrem Zuhause kam, umso ruhiger wurde sie. Jedoch hoffte sie sehr, mit ihrem Großvater noch sprechen zu können, sie hatte ihm viel zu erzählen und die Vorstellung, dass sie ihm vielleicht schon heute für immer Lebewohl sagen musste, jagte ihr eine Heidenangst ein. Sie passierte ein Schild mit der Aufschrift, Saint-Sulpice-les-Bois. Die meisten Häuser hier waren aus Stein und sehr alt, was der Region ein romantisches Flair verpasste. Seit über 30 Minuten war Lia kein Auto mehr entgegengekommen, hatte man in dieser Gegend eine Panne und kein Mobiltelefon dabei, so konnte es wenn man Pech hatte über einen Tag dauern, bis endlich jemand vorbeifuhr.

Lia sah das Schild, das ihr anzeigte, dass sie nun in Freyte war schon lange vorher und hielt kurz davor an. Sie schaltete das Radio ab und rieb sich die Augen. Ihre Ruhe war wie weggeblasen. Der Schlafmangel und ihre Angst vermischten sich und ihre Hände begannen ein wenig zu zittern. Lia kramte eine Flasche Wasser aus ihrer Handtasche auf dem Beifahrersitz und nahm einen kräftigen Schluck. Viele, viele Erinnerungen brachte all dies mit sich. Lia hatte in den letzten Jahren gelernt, stark zu sein und weniger Gefühle als für ihr Wesen üblich zu zeigen, ihre Emotionen lebte sie für gewöhnlich auf der Bühne aus. Dieser Ort aber führte nun dazu, dass sie von Gefühlen und Empfindungen überflutet zu werden schien. Ihre Melancholie aber wurde juste unterbrochen von einem edlen, schwarzen Mercedes C-Klasse mit getönten Scheiben, der ihr Auto langsam passierte, dann Richtung Meymac, der nächstgelegen größeren Ortschaft direkt unter dem Mont Bessou, beschleunigte und bald aus ihrem Blickfeld verschwunden war. Sie wunderte sich. Ein Auto wie dieses war so untypisch für diese Gegend wie ein Traktor auf der Champs-Élysées. Lia hatte leider nicht mitbekommen woher der Wagen kam. Die kurze Unterbrechung ihrer Gedankenstränge aber führte dazu, dass sie sich sammeln konnte. Sie nahm noch einen großen Schluck Wasser, legte die Flasche auf den Beifahrersitz neben ihre Tasche und startete den Wagen wieder. Nach einigen Metern entdeckte sie die kleine Kapelle in der noch immer, regelmäßige Messen stattfanden und den dazugehörigen, alten Friedhof. Sie bog in die Straße gegenüber davon ab und fuhr einen Hügel hinunter. Nach etwa 100 Metern bog sie endlich in die Einfahrt ihrer Großeltern ein.

Mathilde, war gerade dabei die Wäsche im Garten aufzuhängen, als sie den dunkelblauen Dacia mit ihrer Enkelin hinterm Steuer in die Einfahrt fahren sah. Ihr altes Herz hüpfte aufgeregt. Sie hatte ihre Kleine schon fast ein Jahr nicht mehr gesehen. Dieser Gedanken ließ sie schmunzeln. Sie und Antoine nannten Lia noch immer ihre Kleine obwohl diese nun schon lange eine erwachsene, selbstständige Frau war. Mathilde ließ den Wäschekorb auf der halbhohen Steinmauer, die den Vorgarten vom bepflanzten Teil abtrennte, stehen und ging ihrer Enkelin entgegen. Lia war aus dem Wagen ausgestiegen und ging langsam auf ihre grand-mére zu. Mathilde war eine relativ große, schlanke Frau mit fast hüftlangen grauen Haaren, die sie stets zu einem Chignon aufwickelte und trotz ihres bäuerlichen Lebensstils wirkte sie eher feingliedrig elegant. In jungen Jahren musste sie mit ihren grünen Augen und ihren vollen Lippen eine wahre Schönheit gewesen sein. Mittlerweile hatte das Alter sie gezeichnet und sie wurde zunehmend gebrechlicher aber auf Lia wirkte sie noch immer unglaublich stark und schön. Ehe Lia ihre grand-mére begrüßen konnte kam Louis, der 10 Jahre alte Pyrenäenberghund ihrer Großeltern, aus dem unteren Teil des Gartens, wild mit dem Schwanz wedelnd auf sie zu. Er hatte dichtes, weißes Fell mit wolfsfarbenen Flecken an den Ohren. Fremden gegenüber war er eigentlich immer eher misstrauisch und zurückhaltend eingestellt aber trotz ihrer spärlichen Besuche schien er Lia immer wieder zu erkennen. Sie ging in die Hocke und begrüßte ihn liebevoll kraulend. Er schien sich wirklich zu freuen sie zu sehen: „Ich freu mich auch dich zu sehen mein großer Junge, hast du mir gut auf die beiden aufgepasst?". Nachdem sie ihn ausgiebig gestreichelt hatte, machte er sich wieder auf den Weg in den Garten und Lia stand auf um endlich ihrer Großmutter, die sie und Louis wohlwollend beobachtet hatte, Hallo zu sagen. Die beiden küssten sich vier Mal abwechselnd auf jede Wange und ehe Lia sich versah, hatte ihre Großmutter sie in ihre Arme gezogen: „Meine Kleine Lia, endlich bist du wieder zu Hause. Wir haben dich sehr vermisst. Bleib nie wieder so lange weg", murmelte Mathilde und Tränen liefen ihr über die Wangen. „ Mami, übertreib doch nicht so", tadelte Lia ihre Großmutter gutmütig, aber auch sie war sehr froh endlich wieder hier zu sein. Nachdem sie sich von ihr gelöst hatte, blickte sie ihr unverwandt in die Augen und es sprudelte nur so aus ihr heraus: „Wo ist mein Papi? Wie steht es um ihn? Was sagt Doktor Gouvron? Wo ist er, ich muss ihn sehen". Ihre Großmutter legte den Kopf schräg und seufzte: „Es geht ihm von Tag zu Tag schlechter, Doktor Gouvron wollte ihn schon seit Wochen nach Tulle in die Klinik bringen lassen aber du kennst ja deinen Großvater, er beharrt stur darauf Freyte nicht zu verlassen. Er meinte, er könne es nicht ertragen in Tulle zu sterben. Ich habe auch deine Mutter angerufen aber sie und David sind gerade auf einer wichtigen Geschäftsreise in Jordanien, sie versucht so schnell es ihnen möglich ist, zu kommen". Lia musste die aufschäumende Wut über das Verhalten ihrer Mutter schnell hinunterschlucken. Hier war gerade sicherlich nicht der richtige Ort, um ihr freien Lauf zu lassen. Sie legte ihrer Großmutter einen Arm um die Taille und ging mit ihr langsam zum Haus. Das alte Steinhaus der Moreaus war an die 200 Jahre alt. Mit seinen zwei Flügeln war es eines der größten der Gemeinde und bot ihm Sommer vielen Wanderern einen idyllischen Schlafplatz. Es gab zwei Eingänge. Einer führte direkt in die große Wohnküche, der andere in den Wohnbereich. Vor dem Haus entlang der kleinen Steinmauer wuchsen einige sehr alte Maronenbäume, die im Herbst noch immer eine doch ertragreiche Ernte abgaben. Die knapp 2000 Hektar Grundstück reichten über den weiten Vorgarten hinweg über die Steinmauer, einen riesigen Obst und Gemüsegarten, einen kleinen Hühnerstall und über den Hang hinunter bis an einen kleinen Bach. An den westlichen Teil des Grundstücks grenzte eine Weide, die nun dem Nachbarshof gehörte. Sie waren oben angekommen und Lia lies von ihrer Großmutter ab. Sie atmete tief ein und betrat das alte Haus.

3

Die nächsten Tage hatte Lia nur noch verschwommen in Erinnerung. Nachdem sie das Haus ihrer Großeltern betreten hatte überschlugen sich die Ereignisse. Sie saß am Bett ihres Großvaters der kaum noch bei Bewusstsein war und erzählte ihm stundenlang Geschichten, die er ihr als Kind erzählt hatte. Sie schlief kaum, sie aß nichts.

Ihre grand-mère hingegen wirkte zunehmend erleichtert. Sie ließ Lia und ihren Großvater so gut es ging in Ruhe, denn Mathilde hatte die vielen Tränen, die Lia noch vergießen musste, schon längst vergossen. Viele Nächte lang hatte sie sich in den Schlaf geweint und schließlich erkannt, dass sie nichts dagegen tun konnte. Mathilde hatte gelernt, die Dinge so anzunehmen wie sie sind und sich nicht mehr mit dem aufzuhalten, was hätte sein können. Ihr Mann lag im Sterben und es gab nichts auf der Welt was sie dagegen hätte unternehmen können. Lia nahm alles wie durch einen Schleier war. Es kam ihr so surreal vor, den Mann, der sie als Kind auf seinen Schultern durch den Obstgarten getragen hatte, damit sie besser an die süßen Kirschen kam, nun so zu sehen. Es wurde jeden Tag deutlicher, wie das Leben langsam seinen Körper zu verlassen schien. Doktor Gouvron kam mehrmals täglich um Antoines Zustand zu überprüfen und ihm die notwendigen Schmerzmittel zu verabreichen.

Es war der vierte Tag nach Lias Ankunft. Sie hatte seitdem kaum ein Auge zugemacht und war nun endlich eingenickt. Unruhig wälzte sie sich auf dem alten, blau gestreiften Lesesessel ihres Großvaters hin und her. Ihre Haare waren strähnig und klebten an ihrem Kopf fest. Sie träumte.
„ Der Wind brauste wütend über die Landschaft, Blitz und Donner gaben keinen Einhalt mehr. Der junge Hirte wusste nicht mehr wie er seine Herde

noch retten konnte. 1000 Kühe besaß er, und jede einzelne war erschöpft und würde keinen Meter weiter laufen können. Er flehte gen Himmel, dass ihm endlich Hilfe zukam. Seine Not war so groß, dass er dem Schöpfer und Herrn kein Vertrauen mehr entgegen bringen konnte. Da stand der Teufel ihm gegenüber und bot ihm seine Hilfe an. Sein Herz vor den Kräften des Himmels verschließend nahm der Hirte die Hilfe an. Der Teufel verwandelte jede einzelne seiner Kühe in Stein".

Ich schreckte hoch. Dieser Traum... Mein Großvater hatte mir oft von der Legende erzählt, die über die Entstehung des Plateau de Millevaches, von Generation zu Generation weitererzählt wurde. Plateau de Millevaches - Die Hochebene der tausend Kühe. Da sich über das gesamte Gebiet hinweg überall nackte Granitsteine dicht aneinander reihen wie bei einer Herde, halten die Menschen dieser Gegend seit Jahrhunderten an ihrer Legende fest. Mein Großvater liebte seine Heimat und ward ihr tief verbunden. Stets hatte er versucht seinen Wurzeln treu zu bleiben und sprach zu Hause fast ausschließlich okzitanisch. Das Limousin ist eines von 31 Gebieten in denen man diese alte, gallische und sehr melodische Sprache noch ausübt.
Als Kind war ich ihr auch durchaus mächtig jedoch führte mein Aufenthalt in Paris und der Umstand, dass ich eine Zeit lang meinen Wurzeln den Rücken zukehrte, schließlich dazu, dass ich viel zu viel

vergessen hatte. Ich streckte mich ein wenig, das Schlafen auf diesem weichen, eingesessenen Chaise strapazierte meinen Rücken. Im Zimmer war es unerträglich warm. Ich stand auf und öffnete eines der breiten Dachfenster. Die Sonne schien herein und auf der alten Kommode meiner Großeltern wirbelte Staub auf. Es war ein sehr schöner Raum. In jedem Winkel war die schlichte Eleganz meiner Großmutter zu erkennen. Die Wände waren in einem satten Gelb gestrichen worden und hinter dem großen Bett hingen zwei Bilder mit Sonnenblumen. Es gab einen alten Bauernschrank, der mit allerlei Schnitzereien und gemalten Blüten verziert war und auf den Nachttischen standen stets frische Blumen. Das gesamte Haus war ein Stilmix zwischen der unaufdringlichen Schönheit meiner grand-mère und der bäuerlichen Einfachheit meines Großvaters. Die beiden ergänzten sich ganz wunderbar und hatten es stets geschafft, ihre Unterschiede zu einem Vorteil für ihre Ehe zu machen. Insgeheim träumte ich sicherlich immer davon, einen Mann zu finden, der mich so ansah, wie mein Großvater seine Frau stets betrachtet hatte. Er hatte sie auf Händen getragen und keinen Tag lang vergessen, ihr zu sagen, dass sie das Beste in seinem Leben war. Natürlich hatten auch sie ihre Höhen und Tiefen aber im Gegensatz zu der heutigen Schnelllebigkeit in Beziehungen, waren beide stets dazu bereit, an sich zu arbeiten und gemeinsam einen Weg zu finden. Ich bewunderte die beiden für das starke Fundament ihrer Ehe. Mein

Großvater atmete schwerer. Ich ging zu ihm, legte ihm ein weiteres Kissen unter den Kopf und tupfte seine Stirn mit einem Baumwolltuch trocken. Er wachte nur alle vier, fünf Stunden auf und trank dann einige Schlucke Wasser mit einem Strohhalm und aß nur wenige Löffel Hafergrütze oder Suppe. Er sprach kaum und wenn, dann waren es meist durch die starken Medikamente verzerrte Erinnerungen, die er versuchte zu schildern. Nach wenigen Sätzen schon verließ ihn die Kraft und er schlief wieder ein. Ich versuchte ihm Geschichten, die er mir in meiner Kindheit erzählt hatte, nachzuerzählen aber die vielen Erinnerungen überfluteten mich mit so vielen Schuldgefühlen darüber, wie wenig ich mich in den letzten Jahren um ihn gekümmert hatte, dass ich es kaum noch aushalten konnte. Ich weinte viele Stunden vor seinem Bett kniend und bat ihn um Verzeihung für meine Selbstsucht. Meine Großmutter kam in unregelmäßigen Abständen ins Zimmer hinauf, um mir nahezulegen, etwas zu essen oder eine Pause einzulegen, ich beachtete ihre Einwände jedoch kaum. Ohnehin konnte ich ihre kühle Sachlichkeit, mit der sie der Situation begegnete, nicht nachvollziehen. Alles was ich wusste war, dass ich viel zu viel Zeit ohne meinen Großvater verbracht hatte und sich unter mir ein Abgrund aufzutun schien, in den ich keinesfalls stürzen wollte.
Ich deckte ihn ein wenig ab, da die Sonne nun ihre Strahlen bis zur Mitte des Bettes hin über den Raum

hinweg ausstreckte und setzte mich zurück auf den Sessel, die Beine bis an mein Kinn hin angezogen. Ich weiß nicht einmal, wie lange ich so dasaß und ins Leere blickte bis meine Gedanken von einem leisen Klopfen unterbrochen wurden. Vielleicht war es Doktor Gouvron. Ich stand auf, versuchte meine Haare glattzustreichen und ging zur Tür. Es war nicht der Doktor. Starr vor Schreck blickte ich dem mir leider nicht unbekannten Besucher ins Gesicht. Ich konnte es nicht fassen.

Vor mir stand dieser Mann, der so nicht hierher passte. Er trug lange, dunkelgraue Stoffhosen, ein strahlend weißes Hemd, polierte schwarze Schuhe und eine Sonnenbrille in seinen perfekt geschnittenen, rabenschwarzen Haaren. Sofort nahm ich den Duft seines schweren, teuren Parfums wahr, von dem er mit Sicherheit zu viel aufgetragen hatte. Seine dunkelblauen Augen bohrten sich in meine.

4

Marcel blickte in Lias grüne Augen, die ihn als Junge fast in den Wahnsinn getrieben hatten. Seit er vor vier Tagen mit seinem Auto, nachdem er ihrer Großmutter etwas vorbeigebracht hatte, an ihr vorbeigefahren war, überlegte er, wie er ihr wohl am besten gegenübertreten könnte. Die letzten drei Tage war er geschäftlich unterwegs gewesen und

Lias Augen hatten ihn bis in seine Träume hinein verfolgt. Jede Nacht war er schweißgebadet aufgewacht und hatte sich erst mit einigen Schlucken Cognac aus der Minibar seines Hotelzimmers wieder beruhigen können. In all den Jahren hatte Marcel sich mehr als einmal vorgestellt, wie es wohl wäre, sie wiederzusehen. Sie hatte ihn damals einfach weggeworfen, wie ein benutztes Taschentuch. Er wollte es ihr eines Tages heimzahlen doch nun, da er in ihr erschöpftes Gesicht blickte, waren seine Rachegelüste wie weggeblasen. Sie hatte immer noch diese besondere Wirkung auf ihn. Seine Knie fühlten sich ungewohnt instabil an und er atmete schwerer als normalerweise. Ihre dunklen Augenringe, die strähnigen Haarbüschel, die an ihrem Kopf klebten betrachtend spürte er wie in ihm der Wunsch aufkeimte sie einfach in den Arm zu nehmen.

Das aber wäre einfach nur dämlich gewesen. Er wusste, dass sie noch immer die selbstsüchtige und einfältige Frau war, die ihn weggeworfen hatte wie zerknülltes Papier, weil er ihr für ihr neues, glamouröseres Leben nicht gut genug gewesen war. Wenn sie wüsste. Ihr angeknackstes Äußeres würde ihn nicht blenden. Er durfte kein Mitleid für Lia empfinden, schließlich war er es, der ihren Großeltern in den letzten Monaten immer wieder unter die Arme gegriffen hatte während sie es nicht einmal geschafft hatte, regelmäßig anzurufen. Sich dessen wieder bewusstwerdend schob er sie äußerst unsanft zur Seite und betrat das Schlafzimmer der Moreaus.

„Er wird immer schwächer – dein Großvater" stellte Marcel fest. Von seinem barschen Eintreten ein wenig irritiert, antwortete Lia: „Es wird vielleicht nie mehr gut werden – nicht?". Er musterte sie langsam von oben bis unten, legte den Kopf schief und sah aus, als würde er darüber nachdenken, wieder zu gehen. Lias Herz zog sich ein wenig zusammen. Sollte er doch abhauen. Er war ohnehin der letzte Mensch auf Erden, den sie hier oben in diesem Zimmer haben wollte. Sie war unter gar keinen Umständen auf ein Wiedersehen mit ihm vorbereitet gewesen. Marcel ging um das Bett ihres Großvaters herum, setzte sich in ihren Sessel und überkreuzte die Beine. „Es geht ihm schon seit einigen Monaten sehr schlecht, ich habe Mathilde immer wieder gesagt, sie solle dich anrufen doch sie war der Meinung, dass du sicherlich zu beschäftigt seist und wollte die große Schauspielerin nicht bei ihrer wichtigen Arbeit stören", bei den letzten Worten zog er die Augenbrauen nach oben und sah sie herausfordernd an. Was wollte er von ihr hören? Lia wusste, dass Marcel jedes Recht der Welt hatte, sie zu verachten und sie würde in einer Auseinandersetzung mit ihm definitiv den Kürzeren ziehen. Sie seufzte. „Ich bin keine Schauspielerin mehr". „Ach", er verzog den Mund. „Paris ist nicht das, was ich mir vorgestellt hatte, das Leben ist hart

und ich habe viele falsche Entscheidungen getroffen
– auch bei dir, es tut mir Leid Marcel". Sie seufzte
abermals. „Du hast doch überhaupt gar keine
Ahnung was ein hartes Leben ist", sein Blick war
voller Verachtung. „Dich interessiert doch niemand
außer dir selbst! Du hast absolut keine Ahnung, was
hier los war", Marcel schrie nun fast. „Deine
Großmutter ist seit Monaten am Ende und wusste
nicht mehr, wie sie Antoines Medikamente bezahlen
sollte, sie hat nach und nach alles hier verkauft, was
ihr zumindest ein wenig Geld einbrachte. Die Tiere,
Die Gerätschaften... Vor vier Tagen hat sie ein
wirklich großzügiges Angebot für den Hof
bekommen. Der einzige Grund warum diese arme,
gutherzige Frau noch nicht unterschrieben hat ist
ihre unfähige, selbstsüchtige und einfältige Enkelin".
Marcel sprang aus dem Sessel und stürmte aus dem
Zimmer, die Türe knallte unsanft hinter ihm zu. Völlig
schockiert blickte sie ihm nach. Tränen liefen ihr
ungehalten die Wangen herunter. Schluchzend sank
sie zu Boden.

Marcel lief aufgebracht durch den Garten zu seinem
Wagen, Mathilde folgte ihm. „Du hattest kein Recht
ihr das so zu sagen". Ruckartig drehte er sich um.
„Mathilde bei allem Respekt, irgendjemand musste
ihr einmal die Wahrheit sagen, sie lebt in ihrer
bunten Seifenblasenwelt, nichtsahnend und ist auch
noch der Meinung sie hätte es besonders schwer!".
„Mein lieber Junge, es war nicht deine Aufgabe ihr zu

sagen, dass ich den Hof verkaufen werde! Hast du nicht gesehen wie sie aussieht? Seit sie hier angekommen ist, ist sie ihrem Großvater keine zwei Minuten von der Seite gewichen. Sie sitzt Tag und Nacht an seinem Bett, weinend und ihn um Verzeihung bittend". Marcel schnaubte: „Das tut sie doch nur, weil sie ein schlechtes Gewissen hat und sich
von ihrer Schuld lossagen möchte! Lia ist nur eine einzige Person auf der Welt wirklich wichtig – sie selbst". Mathilde legte den Kopf schief und sah ihm tief in die Augen. Sie kannte Marcel seit er vor 25 Jahren mit seinem Fußball ihr Küchenfenster eingeschlagen hatte, er hatte als Kind viele Tage und Nächte hier bei ihr auf dem Hof verbracht. Sie kannte ihn beinahe besser als ihre eigene Enkelin. „Coucou, du bist noch immer wütend auf sie und egal was sie tut, du wirst es niemals gutheißen... ich denke es ist an der Zeit, dass du dir einen Schubs gibst und ihr beiden endlich das Gespräch führt, dass ihr vor langer Zeit schon hättet führen müssen. Du weißt genau, wie sehr Antoine sich das immer gewünscht hat". Marcel verdrehte die Augen: „Das ist absolut unfair! Natürlich hat er sich das immer gewünscht genauso wie du, weil ihr beide zu gutherzig seid. Keiner von euch beiden wollte in all den Jahren einsehen, dass Lia sich einen Dreck um euch scherte". Mathilde unterbrach ihn bestimmt: „Marcel! Du und Lia, ihr ward Kinder damals! Was geschehen ist, tut mir nach wie vor unendlich leid

aber ich sage es dir ein weiteres Mal, ihr wart beide unreif und nicht in der Lage auf den anderen einzugehen. Sei du nun der Weisere und mach den ersten Schritt! Ich bin mir sicher, Lia würde ein Stein vom Herzen fallen und wie gesagt, Antoine würde sich dies von Herzen wünschen". „Was denkst du, Mathilde? Dass ich mit Lia rede, wir uns am Ende weinend in den Armen liegen, ich ihr verzeihe und wir am Ende heiraten und den ganzen Quatsch? Das wird nicht passieren! So funktioniert das im echten Leben nicht". Er wartete darauf, dass Mathilde ihn rügte und ihm erklärte, er solle nicht so pessimistisch sein, wie sie es in der Vergangenheit oft getan hatte, stattdessen aber begann sie schallend zu lachen. Ihre grünen Augen funkelten, sie legte den Kopf in den Nacken und lachte. Er starrte sie ein wenig irritiert an. „Ach Junge, je mehr du versuchst zu leugnen wie sehr dir mein kleines Mädchen am Herzen liegt, desto offensichtlicher wird es! Ich kenne sie und ich kenne dich, ihr beiden habt bis auf die letzten zehn Jahr euer gesamtes Leben miteinander verbracht. Ich kennt eure Stärken und eure Schwächen, ihr habt zusammen gelacht und geweint. Denkst du wirklich, du kannst so tun als wäre sie dir egal? Dein Ausraster oben gerade, was hat sie getan, das in dir das Bedürfnis erweckt hat, ihr so weh zu tun?" Marcel blickte unsicher zu Boden. Mathilde hatte diese ganz besonders nervenaufreibende Gabe, Ihm das Gefühl geben zu können, er sei wieder fünf Jahre alt. Sie durchschaute ihn immer. Er erinnerte sich

*ziemlich gut daran, wie er einige Tage, nachdem er
mit seinen Eltern nach Freyte gezogen war, ihre
Fensterscheibe mit seinem Fußball eingeschlagen
hatte. Seine Eltern waren beide arbeiten und er
vertrieb sich den Nachmittag indem er mit seinem
Ball durchs Dorf schlenderte. Als er den Friedhof
erreicht hatte, trieb er den Ball den Hang hinunter
zum Haus der Moreaus. Der große Kastanienbaum in
ihrer Einfahrt war sein Ziel gewesen. Dieses verfehlte
er um einige Meter und schoss stattdessen
Mathildes Küchenfenster ein. Noch bevor sie aus
dem Haus gekommen war um ihn vielleicht
auszuschimpfen, hatte er bitterlich geweint. Er
wusste, dass sein Vater ausrasten würde wenn er
davon erfahren hätte. Anstatt ihn zu schimpfen
hatte Mathilde ihn einfach nur angesehen wie er in
ihrem Hof auf dem Boden kniete und weinte. Sie
hatte gewartet, bis keine Träne mehr übrig war.
Dann hatte sie ihm gesagt, dass er ihrem Mann auf
jeden Fall helfen müsse, ein neues Fenster
einzubauen und ihn anschließend mit in ihre Küche
genommen und ihm die besten Crepes gemacht, die
er jemals gegessen hatte. Von diesem Tag an war er
täglich bei den Moreaus. Mathilde kannte ihn besser
als seine eigenen Eltern und er wusste, dass er ohne
ihre Zuwendung ein ganz anderer geworden wäre. „
Ich werde mich schnell bei Lia entschuldigen gehen“
murmelte er und ging den Weg zurück zum Haus.
Mathilde blickte ihm zufrieden lächelnd hinterher.*

Menschen die mich schon lange kennen, schaffen es, mein Wesen aus meinen Texten herauszulesen. Ich versuche stets meine Gaben dafür einzusetzen, in meinem Umfeld den Sinn für Schönheit und Harmonie wieder zum Leben zu erwecken. Ich war schon immer hochsensibel, unglaublich kreativ und wollte mich durch Schauspiel, Malerei, Tanz, Gesang und später vor Allem durch die Literatur ausdrücken. Meine Wahrnehmung war eigentlich sehr fein, sehr genau und hätte meine Mutter mir dies nicht systematisch versucht auszureden, so wäre mir wohl vieles erspart geblieben. Mich fasziniert noch immer alles, was unbewusst, symbolisch, kryptisch ist. Die Welt der Träume und Symbole ist viel mehr mein Zuhause als die bloße Realität. In all meinen Texten ist die Sehnsucht herauszulesen. Mein Lebensprogramm scheint mir eine nicht enden wollende Suche zu sein. Die Suche nach dem heiligen Gral, der mir endlich sowohl irdisches als auch himmlisches Glück verleihen kann. Es fällt mir noch immer schwer, Gefühle direkt zu äußern. Ich drücke mich durch Symbole, Rituale und äußerst dramatische Gestaltungen aus. Irgendwie glaube ich wohl, dass dies meinen Schmerz, meine Trauer und die immer wiederkehrende Angst abgelehnt zu werden, abschwächen kann. Natürlich mache ich mir damit nur etwas vor. Die Kunst ist mein Zuhause. Für mich ist das Leben eines jeden Menschen wie ein Gesamtkunstwerk. All die vielen Farben, die verschiedenen Nuancen und Facetten – helle und dunkle – machen das komplette Bild aus. Ich liebe melancholische Musik, halbverwelkte Blumensträuße, Räucherstäbchen, Kerzen, Tagebücher. Die melancholische Romantik ist mein ganz persönliches Stilmittel. Ich liebe die Nacht. Lange Gespräche bei Nacht. Für mich gibt es kaum etwas Schöneres als eine Tasse heißen Tee mit dem richtigen Menschen um drei Uhr morgens. Die süße, schwermütige Traurigkeit liegt wie ein Schleier über meinem Dasein. Ich habe bereits jede Gefühlsregung erlebt. Von der Agonie bis hin zur Ekstase. Jetzt, ist es meine Aufgabe, mich meinem wirklichen Ich, der realen Welt zu stellen. Ich muss lernen, Wut zulassen zu können. Meine Befreiung liegt darin, aus dieser Bandbreite an Gefühlen schöpferisch handeln zu können. Ich wünsche mir nichts sehnlicher als meine Kreativität, meine Natürlichkeit mit einer gesunden Disziplin, welche auf der Wertschätzung mir selbst gegenüber basiert, vereinen zu können. Es gelingt mir immer mehr.

Wenn nicht mehr Zahlen und Figuren
Sind Schlüssel aller Kreaturen
Wenn die, so singen oder küssen,
Mehr als die Tiefgelehrten wissen,
Wenn sich die Welt ins freye Leben
Und in die Welt wird zurück begeben,
Wenn dann sich wieder Licht und Schatten
Zu ächter Klarheit werden gatten,
Und man in Mährchen und Gedichten
Erkennt die wahren Weltgeschichten,
Dann fliegt vor Einem geheimen Wort
Das ganze verkehrte Wesen fort.

Novalis

Dunkelheit und Licht

Liebe, Selbstliebe bedeutet vor Allem, alles anzunehmen, was sich in jedem einzelnen Augenblick des Lebens manifestiert, jeden Menschen, jede Situation, jeden Gedanken und jedes Gefühl. Positive und negative Facetten.

Einer dieser Tage. Einer dieser Tage, an denen du aufwachst, den letzten Abend unter Leuten warst, gefeiert hast und nur den Moment gelebt hast…Du wachst auf und du weißt, dass dieses schale Gefühl bleibt…

Du weißt, dass du dem Schicksal nicht entgehen kannst und dass es andere Pläne für dich hat. Pläne, von denen du noch überhaupt nichts weißt und auf deren Enthüllung du sehnsüchtig wartest. Dieses Warten ist nicht schön. Du weißt, dass dir nichts anderes übrig bleibt und dass du annehmen musst, was dir dargelegt wird. Du bist niemals ganz dafür verantwortlich, wie die Dinge laufen aber du bist dafür verantwortlich, was du daraus machst…

Einer dieser Tage, an denen du an ihn denkst, an sie denkst und dich fragst, ob sie auch manchmal an dich denken... Du ärgerst dich darüber, dass du überhaupt daran denkst und infrage stellst, dass sich jemand nicht an dich erinnern könnte wenn du sie doch niemals vergessen könntest. Du bist keine Träumerin, du weißt, dass es keinen Sinn macht, Hirngespinsten nachzujagen und auf Dinge zu warten, die niemals passieren werden.

Einer dieser Tage. Einer dieser Tage, an denen du dich dann dazu entschließt, hinauszugehen, die Sonne scheint. Warme, goldene Strahlen streicheln dein Gesicht, deine Seele und du weißt, dass sich warten, lohnen wird und dass auf Dunkelheit immer, immer, immer Licht folgt!

Es gibt immer wieder diese Zeiten,
wenn ich an dich denke
und mich frage,
ob du wohl auch an mich denkst.

Ich habe das Licht gesehen und die Dunkelheit. Ich habe Orte gesehen, und Menschen getroffen, die waren so dunkel dass ich niemandem wünsche meine Erfahrungen teilen zu müssen. Ich habe Entscheidungen getroffen, die waren so wahr und doch eine nie endende Lüge. Alles was ich bin, alles was ich erreicht habe ist meins. Meine Gedanken, meine Gefühle, meine Liebe, mein Hass, meine Schmerzen, mein Leid. Meine Dunkelheit. Mein Licht.

9.Mai 2017

Es ist genau einen Monat her, dass ich in seiner Wohnung stand und er mich abgewiesen hatte. In den Tagen davor, bin ich durch die Hölle gegangen. Jean erzählte immer mehr Lügen über mich beim Jugendamt, er wollte alles in seiner Macht stehende tun um mir unsere Kinder wegnehmen zu können. Wir hatten uns gestritten. Er hielt mich fest. Presste seine Lippen hart auf meine. Ich versuchte mich zu wehren. Sein Griff um meine Hände wurde immer fester. Er drängte mich gegen die Wand. Ich wollte schreien aber die Gewissheit, dass unsere Kinder mich hören könnten, hielt mich davon ab. Er ging einen Schritt zurück, ich blickte ihm in die Augen. Er zog mich an sich und presste erneut seine Lippen auf meine. Seine Hände glitten unter mein Kleid. Dies war nicht zum ersten Mal so passiert. Irgendwann war es ihm egal geworden, ob ich wirklich wollte oder nicht. An diesem Tag jedoch, konnte ich es nicht mehr länger ertragen. Ich wollte nicht mehr so sein. Kurze Zeit später stand ich vor Richard. „Was ist passiert". Er war wütend auf mich, kalt und distanziert. Ich wollte es ihm nicht sagen. „Sag halt jetzt was passiert ist, es muss ja schlimm sein weil ich mein der hat dich geschlagen". Ich fragte ihn, warum er so wütend auf mich ist. „Weil ich Abstand von dir wollte und du jetzt schon wieder hier vor mir stehst". „Aber ich bin doch ganz allein. Ich habe niemanden. Keine Eltern. Keine Geschwister zu denen ich kann. Keine Freunde. Du hast mir versprochen, für mich da zu sein". „Ich kann nicht. Ich kann dir anbieten, dich in eine Klinik zu fahren damit du dich behandeln lässt". „Ich kann nicht in eine Klinik, ich muss für meine Kinder da sein". „Du erkennst das Problem nicht. Das alles hier sollte nicht passieren. Du solltest nicht hier sein". Er schrie mittlerweile. Ich bekam Angst. Meine Beine zitterten. Ich hatte Schmerzen. „Warum kannst du nicht für mich da sein? Warum bin ich dir so egal?". „Mit deinem Verhalten wirst du niemals das hören, was du gerne hören würdest". Ich weinte und hatte mich kaum mehr unter Kontrolle. Ich wusste, dass ich in dem Moment, in dem ich aus seiner Wohnung

gehen würde alleine auf der Straße wäre. Barfuß.
Ohne einen Cent in der Tasche. Ich flehte ihn an, mir
zu helfen. Er wurde nur noch wütender. „ICH. WILL.
NICHT.DASS.DU.HIER.VOR.MIR.KNIEST. Raus aus
meiner Wohnung". Er knallte die Tür zu und ich ging.

Ich stand am Bahngleis und betrachtete die
Schienen. Es war kalt. Ich trug keine Schuhe. Ich
hatte nichts in meinen Taschen außer dem Schlüssel
zu einem Friseursalon, den ich putze und meinem
Handy. Mir liefen unentwegt Tränen die Wangen
herunter. Ich fror aber ich bemerkte es nicht. Meine
Hände schmerzten – er hatte sie so fest gehalten.
Ich hatte blaue Flecken an den Armen und Beinen.
Von ihm. Ich wusste nichts mehr. Ich war so
unglaublich müde. Ich wollte nicht mehr. Es gab
keinen Ort auf dieser Welt, zudem ich hätte gehen
können. Ich hatte keine Familie, keine Freunde –
niemanden, der mir in dieser Nacht helfen konnte.
Es war zu viel. Ich konnte nicht mehr. Ich schämte
mich.

Wie lange ich so dastand weiß ich nicht mehr. An
diesem Tag fehlte mir jedes Gespür. Irgendwann
kam sie vorbei. Zufällig. Sie war gerade auf dem
Nachhauseweg von der Arbeit. Myriam.

In den nächsten Tagen und Wochen ging alles ganz
schnell. Das Jugendamt hatte einen gravierenden

Fehler begangen. Die Kinder durften bei mir bleiben. Ich hatte ein Anrecht auf eine finanzielle Entschädigung. Jean erklärte sich bereit auszuziehen. Ich fand eine neue Therapeutin. Ich fing an meine Geschichte aufzuschreiben.

Mein Name ist Mina Bashri. Ich bin 26 Jahre alt und die Tochter eines Tunesiers und einer Deutschen. Ich habe mit 17 Jahren mein erstes Kind geboren und mit 21, eine gesunde Tochter zur Welt gebracht. Ich habe in meinem Leben betrogen, gelogen und manipuliert. Ich war gut und böse. Ich habe jedes Gefühl durchlebt. Ich bin mir der Tatsache, dass ich geprägt durch meine narzisstischen Eltern – die ebenso wie ich die Opfer eines Missbrauchs in ihrer Kindheit waren- massiv gestört bin und vielleicht nie ganz frei davon sein werde. Bei mir wurde eine posttraumatische Belastungsstörung diagnostiziert. Der Auslöser dafür kann nicht wirklich festgemacht werden denn ich musste in den letzten 26 Jahren stets stärker sein, als es mir gut tat. Ich habe grausame und auch wunderbare Dinge erlebt. Ich bin die, die so völlig menschlich ist. Ich lerne dazu, jeden Tag.

Als du gegangen bist, war ich eine andere und auch du wirst verändert zurückkommen. Das Leben ist ein ständiges Auf und Ab. Veränderung. Gefühle. Wellen an Empfindungen. Du hast es kaum ertragen, wenn ich dir gesagt habe, dass ich dich verstehe – vielleicht kannst du es nun besser nachvollziehen. Als du gegangen bist, war ich die, die dir nachtrauerte. Ich war die, die weinte, weil sie sich selbst nicht annehmen konnte. Jetzt stehe ich hier, an diesem Ort, an dem du und ich uns so oft begegnet sind. Ich bin nicht mehr die Selbe. Ich trage Liebe in mir. Liebe zu mir selbst. Akzeptanz für mein Wesen und meine Taten. Anerkennung für das, was ich bereits geschafft habe. Selbstliebe. Ohne jegliche Erwartung und mit diesem Herzen, dass nun nicht mehr brechen kann sage ich dir: „Du bist es wert, dass du dich selbst liebst". Ich habe nie aufgehört dich zu lieben und werde es auch niemals tun und dennoch, bin ich völlig frei von dir. Ich brauche dich nicht. Ich bin meine eigene Quelle der Kraft. Es dauert noch eine Weile, bis du zurückkommst und ich bin gespannt, wie unsere kleine Geschichte weitergeht, ob sie überhaupt weitergeht. Ich bin gespannt, ich hab´ keine Angst. Ich weiß, was ich will und was mir zusteht. Ich bin die, die auch im Regen tanzt.

Ich liebe das Besondere. Von jeher befinde ich mich wohl auf der Suche nach der "blauen Blume". Nach meinem eigenen „Heiligen Gral". Die reale Welt schien mir zu profan. Ich sehne mich jedoch danach, wie alle anderen in genau dieser ein Zuhause zu finden. Es scheint manchmal so, als sei nur der Weg mein Ziel. So als wolle ich nie ankommen.

Meine Geschichte ist noch lange nicht zu Ende. Sie fängt gerade erst so richtig an.

Wunder geschehen
Ich hab's gesehen
Es gibt so Vieles was wir nicht verstehen
Wunder geschehen
Ich war dabei
Wir dürfen nicht nur an das glauben was wir sehen

Nena

Epilog

Sonntag, 11. Juni 2017

Ich gehe die Straße entlang, in der ich nun schon seit
vier Jahren lebe. Meine Tochter hält meine Hand.
Fröhlich hüpft sie neben mir her. Mein Sohn ist mit
dem Roller vorgefahren. Immer wenn ich ihn ansehe
wird mir bewusst, wie unglaublich viel geschehen ist
seit seiner Geburt. Wie sehr mein Leben sich
verändert hat. In den letzten Wochen ist so viel
passiert. Meine Geldprobleme haben sich aufgelöst,
Jean und ich sind im Guten auseinander gegangen.
Er macht eine Therapie. Von Richard habe ich heute
exakt zwei Monate nichts mehr gehört. Ich gehe an
seinem Haus vorbei, blicke nach oben in das große,
hausförmige Fenster. Ich fühle einen kleinen Stich
aber ich bemerke, dass mein Herz heilt. Jeden Tag
ein kleines bisschen mehr. Ja, er hat mich so
verletzt, wie noch niemand zuvor aber ich habe auch
noch nie in meinem Leben jemanden so sehr
gemocht wie ihn. Ob ich bereue, was zwischen uns
geschehen ist? Nein! Kein Stück.

Schicksal. Synchronisation. Simultanität.

Ich weiß, dass ich genau ihn treffen musste. Dass genau er mich verletzen musste. Er hat meine Gefühlswelt erschüttert wie niemand zuvor und erst dadurch konnte ich erkennen, wer ich wirklich bin! So lange lebte ich nur in der Sehnsucht, in Träumen. Durch ihn habe ich ein Stück Heimat in mir gefunden. Eine Heimat, in der meine unruhige Seele rasten kann. Durch seine Täuschung brachte er in mir die von mir schon immer ersehnte Echtheit zum Vorschein. Genau diese Echtheit bringt mir die ersehnte Erleichterung und die verlorene Verbindung zu mir selbst zurück. Wer echt lebt, also authentisch und daher seinem eigenen Wesen entsprechend, macht sich und anderen nichts vor.

Ob ich noch immer behaupten würde, dass ich ihn liebe?

Die Liebe ist das, was unsere Welt im Innersten zusammenhält – das wusste schon Goethe und ich glaube an die Liebe wie an nichts anderes. Wer liebt, bejaht das Leben. Wer das Leben bejaht, nimmt es an. Wer das Leben annimmt, nimmt auch sich an und wird in aller Regel nicht enttäuscht, weder vom Leben, noch von sich selbst. Für ihn ist Liebe oder die Worte „Ich liebe dich" lächerlich abgedroschen. Ich könnte mich von dieser Sichtweise natürlich beeinflussen lassen und ebenso zynisch anmerken, dass kein Gefühl so ausbeuterisch inszeniert wurde wie die Liebe. Dies würde jedoch meinem Wesen widersprechen.

„Trotz seiner aufrichtigen Liebe begann der kleine Prinz bald damit, an ihr zu zweifeln. Er hatte ihre belanglosen Worte ernst genommen und war sehr unglücklich darüber geworden. »Ich hätte nicht auf sie hören sollen«, erzählte er mir eines Tages. »Man sollte den Blumen nie zuhören. Wir müssen sie betrachten und ihren Duft einatmen. Meine Blume erfüllte meinen ganzen Planeten mit ihrem Duft, aber ich wurde nicht glücklich darüber ...“

Aus *„Der kleine Prinz"*

Ich würde rückblickend nun sogar so weit gehen zu behaupten, dass ich ihn vor acht Wochen, vor meiner Entwicklung zu dem Menschen hin, der ich wirklich bin, nicht aufrichtig geliebt habe. Ich habe ihn selbstsüchtig und egozentrisch geliebt. So wie ich niemals lieben wollte. Nun, nachdem ich diese Geschichte aufgeschrieben habe erkenne ich, was Wahrhaftigkeit tatsächlich bedeutet. Ich kenne ihn und ich kenne und durchschaue seine Eigenheiten und Fehler. Ich kenne und achte seine guten und seine Schlechten Seiten – nicht mehr nur um meiner selbst zu beweisen, dass ich jeden Menschen annehme so wie er ist. Ich schätze und nehme ihn an, weil ich mich in sein Wesen verliebt habe. Bedingungslos und unwiderruflich und es ist mir egal, was er oder irgendjemand anders davon denken mag. Ich liebe, nicht um zurück geliebt zu werden, nicht um etwas zu erreichen. Einfach, weil ich mich annehme, mit Allem was zu mir gehört.

Wir biegen in den Wald ein, der nicht weit von unserem Zuhause entfernt liegt. Meine Tochter löst sich von meiner Hand und läuft ihrem Bruder entgegen, der seinen Roller an einen Baum gelehnt hat und nun klettern möchte. Ich beobachte die beiden und mich überkommt ein Staunen für die Wahrhaftigkeit dieser Erde. „Dein Wille geschehe – wie im Himmel so auf Erden". Dieser Gedanke trifft mich mit voller Wucht. Es ist so einfach. Es liegt stets nur wenige Zentimeter von dir entfernt. Es ist allgegenwärtig und nie still doch überhören wir es nur allzu gerne. Das Glück. Die Einfachheit. Das Alltägliche. Die Schönheit.

Ich schüttle verwundert den Kopf. Schicksal. Synchronisation. Simultanität. Mich überkommt ein Gefühl, das mir bis dahin unbekannt war- ich bin zu Hause. Hier. In mir. Überall.

Über mich selbst schmunzelnd laufe ich zu meinen Kindern.

Schicksal. Synchronisation. Simultanität

Danke Richard!

Unsere kleine Stadt, den 03.07.2017

Lieber Richard,

Vor etwa sieben Monaten sind wir uns zum ersten Mal begegnet. Ich hab dem Martin ein bisschen Gras vorbei gebracht und er meinte damals ja, ich solle einfach mit hochkommen – da wären ganz nette Leute dabei. Ich erinnere mich kein bisschen an die Leute, die an diesem Tag da waren. Nur an dich. Du hast mich innerhalb der ersten Minuten eingefangen mit deiner Art. Ich könnte natürlich an dieser Stelle nun beschreiben, wie deine Art denn auf mich gewirkt hat. Dein größtes Problem mit mir, innerhalb unserer Freundschaft, war jedoch glaube ich, die Tatsache, dass ich dir stets gesagt habe wie ich dich sehe und einschätze. Ich hab dir also rein faktisch gesehen dies und jenes unterstellt. Du hast es als „Du hast mich definiert" bezeichnet. Ich glaube das geht zu weit, ich hab dir nicht mit Absicht meine Sichtweise aufgezwängt. Und doch hab ich sie dir wohl irgendwie aufgezwängt. Das tut mir unendlich leid. So etwas wollte ich nie tun. Mit jedem Tag, an dem wir keinen Kontakt mehr hatten habe ich angefangen, meinen Charakter mehr und mehr auseinander zu nehmen. All die Dinge, die meiner Selbstinszenierung dienten, abzulegen. Ich machte so lange weiter, bis schließlich nur noch ich, wirklich ich übrig war. Das machte mir unglaubliche Angst. Ich kannte dieses Ich nicht wirklich und fürchtete mich davor, es kennen zu lernen. Ich war mir nicht sicher, ob ich es lieben könnte. Ob jemand anderes es lieben könnte. Da war auf einmal keine Opferrolle mehr, keine Inszenierung, kein Drama, kein Schauspiel. Nur noch ich. Mit all den guten und vor allem so vielen schlechten Eigenschaften. Am 13. April habe ich damit begonnen, mein Buch zu schreiben. Als ich damit anfing, war mir noch nicht klar, welchen Prozess dieses Schreiben loslösen würde. Ich muss ehrlich sein. Zu Beginn habe ich hauptsächlich „für" dich geschrieben. Nach unserem fürchterlichen Streit war mir natürlich klar, dass mit mir noch viel mehr im Argen ist, als ich bisher zugeben konnte. Während ich schrieb und Schicht für Schicht meines Charakters abtrug überkamen mich Gefühle in einer Heftigkeit, die mir bis dahin nicht bekannt war. Wut und Enttäuschung darüber, dass du mich so angeschrien hast. Selbstmitleid. Angst davor, dass du nie wieder mit mir sprechen würdest, mich hassen könntest. Selbsthass. Und vor allem Scham. Scham für die Dinge, die du von mir gesehen hast. Für meine hässlichste und krankste Seite, die ich dir leider offenbart habe. Scham für die Dinge, die ich dir angetan hatte aus meiner Selbstsucht heraus. Du warst mir wichtiger geworden als irgendjemand anders jemals zuvor in meinem Leben. Ich konnte es nicht fassen, dass jemand wie du überhaupt etwas mit mir zu tun haben wollte. Du warst für mich der erste Mensch, der mir wirklich zugehört hat, dem ich vertraut habe, der mir das Gefühl gegeben hat nicht allein zu sein. Dieses Gefühl wollte ich konservieren, festhalten, nie wieder verlieren. Ich hab mich schließlich in dich verliebt. Oft hab ich mich so verhalten, als würde ich in dich verliebt sein, weil ich dich brauchte. In diesen Momenten begriff ich, wie groß meine Angst davor, dich zu verlieren wirklich war. Ab diesem Zeitpunkt begann ich damit mich egoistisch und selbstsüchtig, manipulativ und passiv aggressiv zu verhalten. Das alles hätte ich dir niemals antun dürfen. Ich hab damals zu dir gesagt,

ich würde dich lieben. Zu dem Zeitpunkt war das
nicht war. Ich liebte das Gefühl, das du mir geben
konntest. Ich liebte es, nicht mehr alleine zu sein.
Wahre, echte Liebe beginnt immer bei sich selbst.
Wer sich nicht selbst annehmen, achten, schätzen
und für seine eigenen Überzeugungen, seine
eigenen Werte einstehen kann, der liebt sich nicht.
Wer nicht bereit ist, sich selbst zu akzeptieren, sich
selbst zu gefallen und auf sich selbst zu hören, der
kann es schlecht von anderen erwarten und darf
sich nicht wundern, wenn er entsprechend
behandelt wird. Wer sich selbst kennenlernen will,
der muss nach innen schauen und seine tiefere,
unbewusste Welt ergründen. Liebe bedeutet, sich
selbst kennenzulernen und anzunehmen. Liebe
bedeutet aber vor Allem auch, alles anzunehmen,
was sich in jedem einzelnen Augenblick des Lebens
manifestiert, jeden Menschen, jede Situation, jeden
Gedanken und jedes Gefühl. Positive und negative
Facetten. Echte Liebe befindet sich weder in dem
Extrem von Macht und Herrschaft auf der einen
Seite noch in dem von Unterwerfung und
Aufopferung auf der anderen Seite. Wahre und
aufrichtige Liebe liegt im Ausgleich genau dieser
beiden Pole, im ganzheitlichen, wechselseitigen
Einklang dieser beiden Extreme. Macht- und

Herrschaftsansprüche wandeln sich so im Zustand der Harmonie in Solidarität, Unterwerfung und Aufopferung in Selbstbestimmung um. Das verstand ich mehr und mehr. Ich schrieb weiter und erkannte, wo ich herkam. Wer die Menschen, die mich gemacht hatten wirklich waren. Ich habe mich so lange völlig überheblich verhalten und behauptet, ich würde verstehen, wie diese Welt funktioniert. Nichts verstand ich. Ich war ein Wesen ohne wirkliche Identität, fühlte mich wohl in meiner Opferrolle und inszenierte mich selbst meisterhaft. Kein Schriftsteller dieser Welt hätte meine Dramen besser schreiben können. Natürlich, war mein Leben sehr schwierig. Ich hatte auf jeden Fall unter so manchem zu leiden. Was ich jedoch nie sehen wollte war, dass die Lösung so einfach war. So simpel. Und so dramatisierte ich die ohnehin schon schwierigen Ereignisse und Situationen noch weiter. Ich war Zuschauerin und Schauspielerin zugleich. Auch während ich dies schreibe, überkommt mich diese Welle der Scham. Ich schäme mich sehr, für das, was ich gemacht habe, was ich mit dir gemacht habe. Natürlich könnte ich einfach davon ausgehen, dass dich das ohnehin nicht interessiert und dir nicht schreiben. Damit würde ich dir jedoch ein weiteres Mal etwas unterstellen, was ich überhaupt nicht weiß. Das darf ich nie wieder tun. Und so schreibe ich dir in der Annahme, dass ich dir nicht egal bin, dass du dich doch für mich und meine Welt, meine Gedanken irgendwie ein bisschen interessierst. Ich bin es wert, dass man sich für mich interessiert. Ich bin nicht egal. Ich bin ehrlich gesagt ohne dieses ganze Drama drum herum, ein fürchterlich anstrengender, fordernder, melodramatischer und zuweilen unmöglicher Mensch. Aber ich bin auch mutig und ehrlich und wohl irgendwie süß und liebenswert. Ich darf nicht einfach davon ausgehen, dass ich dir egal bin. Das wird dir und mir nicht gerecht. Auf jeden Fall habe ich das Buch am 10. Mai, nach nicht einmal einem Monat, fertiggeschrieben. Nachdem ich die letzten Zeilen geschrieben hatte, überkam mich eine Leere, die unerträglich war. Ich hatte plötzlich das Gefühl, alles umsonst geschrieben zu haben. Ich hatte auch dir einige Male geschrieben und wollte wohl nicht verstehen, dass ich das nicht durfte, dass ich auch niemals eine Antwort erwarten dürfe. Irgendwann verstand ich, dass ich dich, wenn ich dich wirklich geliebt hätte, loslassen hätte können. Ich war davon überzeugt, dass ich eine Hülle ohne jegliche Gefühle war und mir all meine Emotionen stets nur eingebildet hatte. Auch da versank ich noch immer in Selbstmitleid. Als diese Phase langsam abzuklingen begann, überkam mich plötzlich diese unbändige Wut auf dich. Ich war wütend, dass du mich weggestoßen hast und mich allein gelassen hast – noch immer fühlte ich mich zu sehr in der Rolle des Opfers. Irgendwann, war kein Selbstmitleid, keine Wut, nichts mehr übrig. Es gab nur noch mich. Ganz einfach mich. Kein Drama. Keine übertriebenen Emotionen. Kein Schauspiel. So sehr mir diese Metamorphose auch Angst einjagte, umso mehr wurde mir klar, dass ich endlich das erreicht hatte, was ich brauchte. Ich hatte keine Angst mehr davor, allein zu sein. Ich hatte keine Angst mehr davor, nicht geliebt zu werden. Ich spürte mich, kannte mich nun und es fühlte sich so gut an, als wäre ich neu zur Welt gekommen. Zum ersten Mal in meinem Leben erkannte ich, dass ich alles selbst in der Hand hatte. Es war überwältigend, ist es noch immer. Es wäre eine Lüge zu behaupten, dass ich nun einfach abwarten kann, was das Schicksal, das Leben noch mit mir vor hat. In diesen weniger lichten Momenten stehe ich dann wohl vor deiner Tür, klingle, bitte dich darum, mit mir zu reden und bin wütend, wenn du es nicht tust. Ich lerne dazu, jeden Tag. Es wird immer besser. Meine Geschichte aufzuschreiben, hat mich so sehr verändert. Du hast mich so sehr verändert. Deine Zurückweisung war das Beste, was mir jemals passieren konnte und ich bin dir für immer dankbar dafür. Du warst der erste Mensch, der stärker war als ich, der meiner Gefühlswelt das Wasser reichen konnte und mir gezeigt hat, dass ich Grenzen brauche, Grenzen einhalten muss. Du hast mir gezeigt, dass ich viel weniger liebenswert bin mit dem ganzen Drama, dieser ganzen Selbstinszenierung! Natürlich, hast auch du Fehler gemacht. An diesem Abend, dem 8. April, an dem du mich aus deiner Wohnung geworfen hast, ging es mir wirklich schlecht. Ich hätte vermutlich wirklich Hilfe gebraucht - das ist nun jedoch überhaupt nicht mehr wichtig. Durch dich habe ich lernen dürfen, dass ich mir selbst helfen kann, dass ich überhaupt kein Opfer bin und dass ich stark sein kann. Ich kenne mich jetzt.

Ich dachte, dass ich nun damit leben könnte, keinen Kontakt mehr zu dir zu haben, keine Erklärung von dir zu bekommen. Ich dachte, ich sei einfach völlig über unsere Freundschaft, über dich hinweg. Ein weiteres Mal war ich trotz diesen in den letzten Wochen gewonnenen Erkenntnissen noch immer überheblich. Als ich dich dann letzte Woche sah, du plötzlich wieder da warst, traf es mich wie der Blitz.

Ich wäre dir gegenüber gerne gleichgültig gewesen, cool und abgeklärt. Stattdessen brodelte es in mir. Ich war irgendwie froh, dich wieder zu sehen, wütend, sauer, enttäuscht. Ich habe mich geschämt. Es war viel zu viel. Damit hatte ich nicht gerechnet. Ich wollte eine Erklärung und am besten sofort. Es war total bescheuert. Ich begann damit mein Buch noch einmal komplettdurchzuarbeiten, Satz für Satz. Das machte mich ruhiger, rationeller. Ich verstand langsam warum ich so auf deine Rückkehr reagierte. Ich wurde immer ruhiger und es fühlte sich langsam an, als hätte meine unruhige Seele nun keine Angst mehr davor zu fallen. Meine Füße waren endlich auf dem Boden. Kurz verfiel ich in alte Muster zurück und dachte darüber nach, dass dich meine Geschichte ohnehin nicht interessieren würde und ich dir sowieso egal sei. Diese Gedanken vertrieb ich jedoch so schnell es ging aus meinem Kopf. Ich will dir nichts mehr unterstellen. Seit ich begriffen habe, dass ich nicht das Lämmchen war und du der Löwe sondern vielmehr der Wolf im Schafspelz überlegte ich, wie ich dir zeigen könne, dass du mir wirklich so viel bedeutest, ohne dich unter Druck zu setzen. Mir war klar, dass meine Selbstinszenierung vermutlich dazu geführt hatte, meine Emotionen und Gefühle als übertrieben und überzogen wahrzunehmen. Ich

mache niemandem, der dies so empfindet einen
Vorwurf. So wusste ich also, dass ich dir zeigen
wollte, dass nicht alles inszeniert, nicht alles Drama
war. Ich weiß nicht genau, ob du mich so nun
verstehen kannst. Ich möchte dir unglaublich gerne
„die Hälfte" von meinem Buch schenken. Ich habe
keine Ahnung, ob es von 5, 50, 500 oder 5000
Menschen gelesen werden wird, den
Verlagsprognosen trau ich da nicht wirklich weil
mein Schreibstil ist ja doch sehr speziell. Aber darauf
kommt es auch überhaupt nicht an. Ich habe diese
Geschichte wegen dir angefangen zu schreiben und
damit hast du mir, ohne es zu wissen, ein
unglaubliches Geschenk gemacht. Du und deine
Geschichte haben mich zu mir selbst, zu meinem
Inneren gebracht. Das werde ich dir auf ewig
danken. Noch nie zuvor hat es jemand geschafft,
meine Fassade zum bröckeln zu bringen. Ich werde
dir also, sofern das für dich in Ordnung ist, die Hälfte
der so unvollkommen menschlichen Welt der Mina
Bashri schenken. Das bedeutet grundsätzlich, dass
du einen Teil des Reinerlöses und einen Teil der
Rechte bekommen würdest. Ich möchte es dir
natürlich nicht aufzwingen. Mir ist es wichtig zu
betonen, dass ich dich damit auf keinen Fall
festhalten oder an mich binden möchte. Ich hab´ dir

einmal gesagt, ich hätte dir ein Stückchen von meinem Herzen geschenkt, damals war das sicherlich noch Teil meiner dramatischen Selbstinszenierung. Jetzt ist es wahr. Du hast mich verändert, du hast mir geholfen, du hast mir ohne es zu wollen sowohl Flügel als auch Boden unter den Füßen geschenkt. Ich kann diese, meine Welt mit anderen Augen sehen und loslassen. All das, was ich loslassen muss. Und vermutlich kannst du es heute noch nicht glauben, dafür war ich zu verrückt aber ich habe keine Angst mehr davor, dass du nichts mehr mit mir zu tun haben willst. Ich habe keine Angst mehr vor deinem Hass, deiner Wut und deiner Enttäuschung. Ich werde nie wieder versuchen, dir etwas aufzuzwingen, dich zu definieren oder dich benutzen. Ich lass dich los. Ich habe überhaupt kein Recht an dir festzuhalten. Du sollst das tun, was dir entspricht, was dir gut tut, was du willst. Ob ich noch weiterhin ein Teil davon sein kann, darf, entscheidest auch du ganz allein. Natürlich würde mich das freuen aber wenn dem nicht so ist, dann ist es wohl das Richtige für dich. Ich muss es zum Schluss nun noch einmal schreiben. Liebe bedeutet, sich selbst kennenzulernen und anzunehmen. Liebe bedeutet aber vor Allem auch, alles anzunehmen, was sich in jedem einzelnen Augenblick des Lebens manifestiert, jeden Menschen, jede Situation, jeden Gedanken und jedes Gefühl. Positive und negative Facetten. Echte Liebe befindet sich weder in dem Extrem von Macht und Herrschaft auf der einen Seite noch in dem von Unterwerfung und Aufopferung auf der anderen Seite. Wahre und aufrichtige Liebe liegt im Ausgleich genau dieser beiden Pole, im ganzheitlichen, wechselseitigen Einklang dieser beiden Extreme. Macht- und Herrschaftsansprüche wandeln sich so im Zustand der Harmonie in Solidarität, Unterwerfung und Aufopferung in Selbstbestimmung um. Ich wusste nicht, was Liebe ist, habe sie nie erfahren und war zu sehr in meiner Opferrolle gefangen um wahrhaftig nach ihr zu greifen. Jetzt weiß ich, was sie ist. Die Liebe. Ich liebe dich wohl, du unglaublicher Mensch. Mit allem was du bist oder eben nicht bist. Mit allem, was ich bereits kenne oder nicht. Mit all dem, was du mir bereits gezeigt hast, vielleicht noch zeigst oder auch niemals zeigen wirst. Nicht dafür, dass du mir das Gefühl gibst, nicht mehr allein zu sein. Nicht dafür, dass ich dich brauche. Nein! Dafür, dass es dich gibt, dass du der beste, wahrhaftigste Freund warst, den ich haben durfte. Dafür, dass du auf dich geschaut hast, mir Grenzen aufgezeigt hast und aufzeigst und dafür, dass ich durch dich gelernt habe. Ich will dich nicht unter Druck setzten, dich nicht festhalten. Auch wenn diese drei blöden Wörter kitschig und abgenutzt sind und so inflationär benutzt werden. Ich liebe dich. Genug, um dich loszulassen und zu warten, ob du zu mir kommst oder ob dein Weg einfach ein anderer ist. Lass dir so viel Zeit wie du brauchst, um mir etwas zu sagen, zu erklären oder auch nicht, wenn es sich für dich gut oder eben nicht gut anfühlt. Ich werde dir nichts mehr unterstellen, ich werde dich nicht mehr definieren, nicht mehr über dich urteilen. Ich lasse dich gehen, so wie du bist. Nur das ist Liebe. Alles andere wäre selbstsüchtige Heuchelei und so bin ich nicht. Nicht mehr. Dankeschön Richard!

Ein ganz kleines bisschen aber nicht zu viel deine „Mina"

P.S. Natürlich bemerke auch ich, dass dieser Brief sehr lange und auf seine ganz eigene Weise so dramatisch ist, wie vermutlich kaum ein anderer. Verzeih mir dies bitte. Ich bin wie du weißt so völlig unvollkommen, so völlig menschlich. Alles was hier steht, entspricht meinem Wesen, das ich auch erst seit kurzem erst wirklich kenne. Vielleicht kennst du es ja schon länger, vielleicht ist es dir unbekannt. Ich bin auf jeden Fall nun nur noch ich – nur noch so viel Drama und Kitsch, wie wohl wirklich in mir steckt. Dies sei mir gestattet.

Bibliografische Information der Deutschen Nationalbibliothek: Die Deutsche Nationalbibliothek verzeichnet diese Publikation in der Deutschen Nationalbibliografie; detaillierte bibliografische Daten sind im Internet über dnb.d-nb.de abrufbar.

TWENTYSIX – Der Self-Publishing-Verlag
Eine Kooperation zwischen der Verlagsgruppe Random House und BoD – Books on Demand

© 2017 Boussaoud, Yassamin

Herstellung und Verlag:
BoD – Books on Demand, Norderstedt

ISBN: 978-3-7407-3160-1